DUGALD STEWART
BORN NOVEMBER 22 1753
DIED JUNE 11 1828

风笛声中的城堡
——爱丁堡纪行

李舫 著

THE CASTLES
TO THE SOUND OF BAGPIPES
——EDINBURGH CHRONICLE

图书在版编目（ＣＩＰ）数据

风笛声中的城堡：爱丁堡纪行 / 李舫著. -- 武汉：
长江文艺出版社， 2021.1
ISBN 978-7-5702-1660-4

Ⅰ. ①风… Ⅱ. ①李… Ⅲ. ①游记－作品集－中国－
当代 Ⅳ. ①I267.4

中国版本图书馆 CIP 数据核字(2020)第 121838 号

责任编辑：李　艳　王天然　　　　　　责任校对：毛　娟
整体设计：一壹图书　　　　　　　　　责任印制：邱　莉　胡丽平

出版：长江出版传媒　　长江文艺出版社
地址：武汉市雄楚大街 268 号　　　　邮编：430070
发行：长江文艺出版社
http://www.cjlap.com
印刷：武汉市金港彩印有限公司

开本：730 毫米×880 毫米　　　1/16　 印张：13.25　　插页：4 页
版次：2021 年 1 月第 1 版　　　　2021 年 1 月第 1 次印刷
字数：131 千字

定价：56.00 元

爱丁堡

这座城市的上层建筑

都是有钱人的居所

所有的人都在向上攀缘

国王住在山巅城堡

上帝住进尖顶教堂

穷人在地平线以下

在玛丽·金夹道

像鼹鼠一样向下挖掘

储藏身体和粮食的空间

中世纪的黑暗褪去

维多利亚的阳光抹掉古建筑的泪痕

金链树和草坪铺满大地

皇家一英里大街上

女王的马车驰向荷里路德夏宫

穿花格裙的高地男人奏响风笛

地底的穷人再没从洞穴里爬出来

一根根白骨挤在一起

成为历史的内伤

来自东方的游客小心翼翼

传说中的魔鬼就埋在石板路底下

每一步踩上去

都听得见他们尖叫

黑夜来临，他们从下水道钻出来

面色苍白，瘦骨嶙峋

躲在墙角酗酒、嗑药

而此刻——

我坐在一家叫作世界尽头的餐厅里

享受威士忌和

——自由

喻言

目录

骄傲的苏格兰

（代序）

如果说"英国脱欧"像是一张考卷，那么毫无疑问，书写这张考卷的，不仅仅是英国，还有英格兰、威尔士，以及苏格兰、北爱尔兰。

虽然自古被称为英伦三岛，英国却从来都不是一个孤立的岛国。凭借英吉利海峡、多佛尔海峡和北海的阻隔，英伦三岛天然地与欧洲大陆划出了距离，但是正如我们所知道的，历史上她与法兰西、尼德兰又曾经血脉相连。1787 年 5 月，阿瑟·杨格渡过加来海峡回国时，说过一句有趣的话："海峡恰到好处地把英国与世界隔开。"这句话在今天听来尤其意味深长，隔开英国和世界的，恰恰是海峡，连接英国与世界的，也许不只是海峡。

十七世纪的苏格兰还很贫穷，经济形式古老陈旧，农业完全停留在传统模式上，歉收频仍，饥荒接踵而至，比如史书中经常提及的 1695 年、1696 年、1698 年、1699 年，经济发展、社会繁荣完全无法与英格兰相提并论。"我们永远不会知道这些年有多少人丧生：同时代人说死了人口的五分之一、四分之一，在某些地区甚至高达三分之一或者更多，那里的居民不是死于非命就是死于逃荒。"法国历史学家费尔南·布罗代尔在《十五至十八世纪的物质文明、经济和资本主义》的第三卷《世界的时间》中写道。假以时日，我们便会看到，融入了大英帝国的苏格兰如此期待繁荣和振兴。变化是潜移默化的，一

位观察者在 1800 年写道："没有英格兰的繁荣，就绝不会有格拉斯哥现在这样的大发展，爱丁堡的城墙长度也不会在三十年内增加一倍，人们此刻也不会再兴建一座新城，雇佣约一万名外地工人。"然而即便如此贫穷，苏格兰依然保持着自由开放的姿态。布罗代尔说，苏格兰仍然有着活跃的对外贸易：首先是爱丁堡的外港利斯，然后是阿拉丁、邓迪、格拉斯哥，外加许多小港口。正是在这里，无数大小吨位的商船出发，驶向不同的方向：挪威，瑞典，荷兰的但泽、鹿特丹、费勒，法国的鲁昂、拉罗谢尔、波尔多，有时还有西班牙和葡萄牙。这些大胆的商船往往赶在冬天海面即将封冻之前才向西渡过松德海峡。

有些发了财的水手和商贩也许在沿途的某个地方停泊下来、定居下来，成为当地的永久居民，在斯德哥尔摩、华沙、雷根斯堡……还生活着很多他们的后裔。

自由的苏格兰一度是个独立的王国，占据欧洲西北方外海、大不列颠岛北方约三分之一的土地。1707 年 5 月 1 日，最后一位斯图亚特国王——安妮女王签署了《联合法案》，正式合并苏格兰和英格兰议会。从此，苏格兰和英格兰放弃独立地位，实现了两个国家的真正联合，统一的不列颠王国由此诞生，从而也奠定了乔治三世时的大不列颠及爱尔兰联合王国和维多利亚女王时的大英帝国的基础。作为推动大英帝国崛起的重要人

物，安妮女王在位期间，对法国发动了西班牙王位继承战争，占领了法国的盟国西班牙的直布罗陀，控制了地中海到大西洋的贸易。十八世纪的英国，从一个位于欧洲边缘的国家，无可争议地发展为世界上最具财政、工业、商业、殖民和海军实力的国家，以及世界上最富有、最强大、最有活力、最具影响力的国家，其政治制度辐射到欧洲乃至全世界，其文化和思想随之对欧洲和世界上其他国家和地区产生影响。回溯历史，英国这一领先地位是慢慢确定的：从1713年《乌得勒支条约》签订时初露端倪，到1763年七年战争行将结束时的日益彰显，再到1783年《凡尔赛条约》签订后的不容置疑，而这一切决定了英国即将迎来的决定性胜利——工业革命。十八世纪以降是英国崛起和腾飞的时代，历史学家一再坚定地提示人们不要忘记，英国历史的一个重要脉络就是英伦群岛如何统一为一个国家和形成统一的政治体系，十八世纪英国史是西方史研究中不可或缺的一个重要组成部分。

不论发生什么样的变化，三个多世纪以来，乃至一千年多年前肯尼思一世（Kenneth MacAlpin）建立苏格兰王国的时代、两千多年前罗马帝国入侵不列颠修建哈德良长城的时代，再上溯到三千年前的凯尔特文明时代，开满了石楠花的苏格兰一直保持着她独特的风情，维系着她永恒的骄傲。

富于变化的气候，雄伟壮美的自然风景——苏格兰的一年四季都令人难以忘怀。苏格兰位于欧洲北部大不列颠岛的西北部，这里有著名的苏格兰高地，有冰川时代留下的地貌，有层峦叠嶂的山峰、碧波荡漾的湖泊、巨石覆盖的原野。在这里，春天有初生羊羔的跳跃和呢喃，有唤醒冬日沉寂的威雀（Famous Grouse）、雨燕（Swift）和苍鹭（Heron）。夏天这里有神秘优雅的千年古镇，有热闹非凡的爱丁堡艺术节。秋天这里有带着咸腥味的海风，有倒映着多彩的树林和满山的石楠的深邃湖泊。冬日这里有与青绿草地交相辉映的皑皑雪山。这里有四时布满青草的山坡，有拥抱着宁静溪流的宽敞的谷地。

　　粗犷独特的民族风情、丰富的历史传承和文化积淀——这些都让苏格兰格外与众不同。一个国家的地理条件总是与其历史发展有一定的关系，而苏格兰人在这一方面显得特别突出。尽管苏格兰与英格兰、威尔士、北爱尔兰同属英国，苏格兰却一直保留着自己的文化和传统。这里有苍茫美丽的高地风光和独特的民族风情，有色彩缤纷的格子布和风格独特的基尔特格子裙，高亢的风笛带着今天的人们走进往昔的岁月。这里有无数的城堡和宫殿讲述着曾经的战斗与传奇，浪漫与悲泣，苏格兰如火焰一般热情四溢，如同醇香浓厚的威士忌。

　　隽永的文学想象、充沛的创作资源——

苏格兰的这片辽阔的土地上永远有人在讲述沉浑雄奇的民族故事。1962 年，世界作家大会在苏格兰首府爱丁堡举办，诗人休·麦克德米德（Hugh MacDiarmid）第一次提出了这个问题——苏格兰是否存在"民族文学"？答案不言自明。这个问题是一种文化自觉，更是一种民族宣言。在英国文学中，苏格兰文学占据了厚重的篇章，从司各特 (Walter Scott) 到斯蒂文森 (Robert Louis Stevenson)，从柯南·道尔 (Conan Doyle) 到 J.K. 罗琳 (J. K. Rowling)，无数的作家在这片土地上编织他们的文学梦想，叙述他们的哲与思、诗与梦。

自由奔放的北方灵魂，缜密幽深的学术精神——苏格兰为人类贡献了数不清的智慧和创造。众多发明和发明家从这里起步：詹姆斯·瓦特（James Watt）改良蒸汽机，推动了工业革命；麦克里奥德（Macleod）发现胰岛素，挽救了无数糖尿病人的生命；约翰·伦敦·麦克亚当（John Loudon MacAdam）发明碎石路面，这种碎石路面至今还被人们称为"麦克亚当道路"；罗伯特·W. 汤姆逊（Robert William Thomson）和约翰·伯德·邓洛普（John Boyd Dunlop）发明了充气轮胎，为世界汽车工业的发展做出了巨大贡献；亚历山大·贝尔（Alexander Graham Bell）发明了电话，为人类的联络与交往作出了巨大贡献；约翰·罗杰·贝尔德（John Logie Baird）发明了电视，将光学图像转化为电信号，实现了图像的获取和传送电路化。苏格兰首府爱丁堡至今以现代医学两大突破——青霉素和麻醉剂为荣，这两个划时代的发明分别由亚历山大·弗莱明（Alexander Fleming）和詹姆斯·辛普森（James Simpson）研究开发。来自苏格兰的亚当·斯密（Adam Smith）奠定了现代经济学的基础。仅苏格兰的爱丁堡大学，就有二十五名诺贝尔奖获得者，一名菲尔兹奖获得者，三名图灵奖获得者。大卫·休谟（David Hume）、亚当·斯密、亚当·弗格森（Adam Ferguson）、达尔文（Charles Robert Darwin）、麦克斯韦（James Clerk Maxwell）、托马斯·贝叶斯（Thomas Bayes）、亚历山大·弗莱明、马克斯·玻恩（Max Born）、彼得·希格斯（Peter Higgs）、迈克尔·阿蒂亚（Michael Francis Atiyah）、詹姆斯·莫里斯（James Mirrlees）、柯南·道尔、温斯顿·丘吉尔（Winston Leonard Spencer Churchill）等我们耳熟能详的名字，都与这所大学有着密切的关系。

正因为如此，苏格兰的骄傲永在，尊严从未被泯灭。

1707 年出台的《联合法案》延续至今。三百年的和平与发展告诉我们，英格兰与苏格兰厮杀近千年之后，安妮女王时代开启的"联合王国"时代，是斯图亚特王朝为英国、为欧洲、为世界留下的最宝贵财富之一。

英吉利海峡、多佛尔海峡和北海天然地

将英伦三岛同欧洲大陆划出了清晰的距离，今天，这个距离或许不再是距离，或许比我们想象的大得多。哈德良长城已经成为历史的遗迹，而不是时代的屏障，时间将会证明一切。十八世纪苏格兰诗人罗伯特·彭斯（Robert Burns）有一首根据苏格兰民间歌曲创作的诗作《友谊地久天长》（*Auld Lang Syne*），这首诗被谱成曲后更是脍炙人口，广为流传。我们不妨再凝神倾听：

怎能忘记旧日朋友，

心中能不怀想？

旧日朋友怎能相忘，

友谊地久天长。

友谊万岁，

朋友，友谊万岁！

举杯痛饮，

同声歌唱友谊地久天长！

时间，就像卑微的西西弗斯，每个凌晨推巨石上山，每临山顶随巨石滚落，周而复始。

　　这些年，我走过了很多地方，也留下了很多足迹。然而，记忆像海边的细沙一样，迅速被海水裹挟而去，隐藏在大海的深处。我曾经以为，我会等到很老、很老的一天，才会来整理我的旅行记忆，可是，终于在这样一天，我急不可耐地潜入海底，搜寻我的宝藏——它们是时光的沙漏里不会枯竭的丰满沙粒，是岁月绿洲中盛开不败的百花争艳，是海德格尔所说的，永远怀着乡愁的冲动到处寻找的家园。

　　今天，我把它们整理出来，与我的朋友们分享。

　　以文为识，可观天下。

——题记

爱丁堡城堡：
苏格兰王冠上的明珠

I

　　爱丁堡城堡被誉为"苏格兰王冠上的明珠"。走在爱丁堡街头，不论在哪个角度，都可以看到这颗明珠的光辉。

　　这是爱丁堡黄金般的夏季。

　　从英格兰一路北行，抵达苏格兰，天越来越凉，风越来越硬，心却越来越柔软。

　　英格兰、苏格兰、爱尔兰的地理、历史看似大同小异，然而，英伦三岛的文化却各有各的传承。

　　苏格兰包括设得兰群岛、奥克尼群岛、赫布里底群岛，代表着英国文化的"北方血统"。在辽阔的苏格兰，最值得怀念、最具有况味的城市，毫无疑问，当属爱丁堡。爱丁堡是苏格兰的首府，位于苏格兰东海岸入海口，雄踞于绵延的火山灰和岩石峭壁上，依山傍水、绿树成荫，不仅拥有优越的地理位置、秀丽的自然风景，更拥有丰厚的历史积淀、文化品质。

爱丁堡是苏格兰的政治中心、经济中心、文化中心，是苏格兰与英格兰、爱尔兰交流沟通的重要枢纽。喜欢伦敦的人，或许喜欢它的时尚、品位、包容、含蓄，喜欢它的极端保守和极端先锋的精神，喜欢爱丁堡的人，则一定喜欢它的厚重与沧桑。

历史上，苏格兰曾经是一个独立王国，被英格兰占领并统治时间长达数百年。为反对英格兰的占领，铁血的苏格兰曾发动过两次波澜壮阔的独立战争。1707 年，苏格兰和英格兰王国合并为大不列颠王国。这座城市见证了太多英格兰和苏格兰之间的铁血过去和恩怨情仇，在两者征战、联姻的漫长历史中，爱丁堡总是扮演着威武不屈的中心角色，爱丁堡人的性格，真实地代表了苏格兰追求独立自由的民族品质。如今，苏格兰的历史风貌，便浓缩在了雄居山巅的古堡、尖顶高耸的教堂、鹅卵石砌就的古街，以及环绕四周的古希腊风格的建筑中。

爱丁堡被宽阔热闹的王子大街一分为二。沿着王子大街一路向西，南北两个区域的建筑风格迥然不同。长街，长得仿佛没有尽头，街道的南侧是中世纪建筑，北侧是维多利亚建筑，不同风格栉比鳞次，千余年的岁月缓慢得似乎从未流逝，地图上或者故事里的一个缓弯，恍若宣告着这里曾经是某一个写在某一时刻的终点，然而历史终于将它向更深、更长的地方拓展着，日子和道路就这样相携相伴，延伸下去。

高高的苏格兰纪念塔矗立在王子大街之南，黝黑的石头上写满了岁月的传奇。穿过人潮涌动的王子大街，穿过梦幻般的王子花园，

穿过临时搭建的摩天轮，一路向西，爱丁堡城堡沧桑的楼群、宽阔的庭院，就矗立在西部的山巅之上。每一年的爱丁堡艺术节开闭幕式都设立在爱丁堡城堡前开阔的空地上，这让世界的目光一次次聚焦这座古老的城堡。

爱丁堡城堡被誉为"苏格兰王冠上的明珠"。走在爱丁堡街头，不论在哪个角度，都可以看到这颗明珠的光辉，暗灰色的克雷格莱斯砂岩层叠覆盖的城堡，外表虽然粗糙质朴，却时时传递着刚健、磅礴的气息。爱丁堡城堡是苏格兰的精神象征，它让这座城市平添庄严肃穆之感。城堡耸立于爱丁堡市的最高点——135 米高的死火山岩顶上，一面斜坡，三面悬崖，地势险峻，气势磅礴，俨然一处天然要塞，只要把守住位于斜坡的城堡大门，便固若金汤，可谓一夫当关，万夫莫开。爱丁堡城堡曾经作为堡垒、王宫、军事要塞、国家监狱。

爱丁堡城堡是苏格兰历史的见证，承载着苏格兰的荣耀与沧桑。爱丁堡的地名源于苏格兰语，意思是斜坡上的城堡，后来英语化就变成了现在的读音。当皮克特人 5 世纪在火山峭壁上建起堡垒，保护苏格兰免受诺森伯兰郡盎格鲁人入侵的时候，爱丁堡的历史就开始了。爱丁堡城堡原来是山上的一座简陋城堡，公元 7 世纪，外敌频繁入侵，诺森伯里亚国王爱德温开始筑城堡御敌，将它改建成正式的城堡。因此，也有人认为爱丁堡便得名于这位名叫"爱德温"的国王。公元 11 世纪，马尔科姆三世与玛格丽特女王逝于此地后，爱丁堡城堡便成为重要的王室住所和国家行政中心。1296 年爱丁堡人在城堡里建起了宫殿，使最初的防护城成为王家禁地。1296 年，

◆ 爱丁堡城堡

英王爱德华一世的军队围困城堡三天后将其占领；1314 年，罗伯特·布鲁斯的军队夺回了城堡；1334 年，英格兰军队再占城堡；1341 年，苏格兰军队再度夺回城堡……在众多战役中，对城堡形状改变最大的是 1573 年的长期围攻战，当时守城的是玛丽女王的支持者。苏格兰摄政莫顿伯爵最后攻下了城池，但他的大炮对城堡造成了极大的损害，城堡的吊闸及城内多处建筑包括戴维塔都被摧毁。然而，也有少数建筑在这次围城中得以幸存，其中最著名的便是建于 12 世纪早期的圣玛格丽特礼拜堂。

16 世纪，位于爱丁堡东北角的荷里路德宫落成，取代爱丁堡城堡成为新的王室住所，爱丁堡才渐渐面对公众，揭开神秘的面纱。

城堡的门口有身穿苏格兰传统服饰的哨兵站岗，他们身着独具苏格兰风情的方格背心和方格短裙，头戴黑色无边软帽，腰佩短剑，雄壮、威严，凛然不可侵犯。

爱丁堡城堡正门的两侧，分别矗立着一尊雕塑，左侧是罗伯特·布鲁斯，苏格兰历史中不可忽视的苏格兰王，他曾经领导苏格兰人打败英格兰人，取得民族独立。他在位期间，政体开明，司法公正，享有极高的威望。右侧是威廉·华莱士，他们都是反抗英格兰入侵战争中最伟大的民族英雄，也是电影《勇敢的心》中的两位主人公。城门上方的红狮在英国皇家徽章中代表苏格兰。"犯我者必受惩"，是爱丁堡城堡入口门楣上的话，体现了苏格兰人顽强不屈捍卫国家的民族精神。

爱丁堡城堡沿坡旋绕而上分为三个区域：下区、中区、上区。城堡四周的墙头上，一个个乌黑的古炮整齐排放，炮口一致对着福思湾河，演绎着古时防御森严的紧张气氛。城堡顶上曾架有当年被称为"芒斯蒙哥"的大炮，虎视眈眈地扫视着王子大街。这门大炮是法国勃艮第公爵"好人"菲利普于 1449 年在比利时的蒙斯建造，体现了那个时代最尖端的军事技术，今天看来，依然威风不减当年。

　　勃艮第公爵后来将大炮赠予他的侄子，也就是当时苏格兰的国王詹姆斯二世。而后的两个多世纪中，大炮光荣地参加了多次战役。1558 年，它曾在玛丽女王的婚礼仪式上鸣响；1681 年向约克公爵（即詹姆斯二世）行炮礼致敬时，却发生了爆炸，之后便一直存放在伦敦塔，1829 年芒斯蒙哥大炮重返爱丁堡，被妥帖地安置在城堡地窖中，享受着后世的祭奠。

　　进入内城后首先到达的是中层，这一层分布着数个军事博物馆：苏格兰国家战争博物馆、苏格兰皇家军团博物馆、苏格兰皇家骑兵卫队军团博物馆、苏格兰国家战争纪念堂等。国家战争博物馆所在的建筑原先是一个弹药库，建于 1755 年，1933 年被改造成博物馆对外开放。馆内展示的是近 400 年内苏格兰的军事历史，既有苏格兰人如何保卫自己领土的故事，也有苏格兰军人在世界各地为大英帝国利益而战的功绩。博物馆中收藏了中世纪以来各个时代的兵器和军装，兵器室中陈列了长达 5 英尺的稀世巨剑，军装陈列室中各种华丽精致的军服，实用且美观。国家战争纪念堂为纪念第一次世界大战以来的阵亡人员所建，墙壁上有军团名称、描绘历史事件的浮雕，石台上摆放着花名册，载明该军团阵亡将士的姓名、生卒年月、籍贯、军衔等信息。博物馆中的展品，除了武器和军装外，还包括服务于战争的各种产品乃至士兵的私人物品。很多实物展品都标明了原来主人的姓名、身份乃至去向，对于军人来说，"国家不会忘记你们"的含义尽显其中。

广场东面的宫室是当时国王的起居处，其中最值得驻足的是"吉斯的玛丽之屋"。这里曾经是玛丽女王（1542-1587年）的日常居所，王太子詹姆斯六世，即英王詹姆斯一世就在这里出生。玛丽女王中年辞世，45年短暂却又起伏跌宕的一生，充满了传奇，也写满了悲剧。

玛丽女王15岁嫁至法国王室，19岁丈夫去世后又回到苏格兰，在民众拥戴中登上王位。但最终她遭到苏格兰民众驱逐，身着男装逃出苏格兰，投奔其表姑，即当时的英格兰女王伊丽莎白一世，以寻求庇护。被伊丽莎白幽禁19年后，玛丽因与当时西班牙王室密谋暗杀伊丽莎白而被斩首。伊丽莎白在世时未正式任命继承人，1603年去世后，玛丽的儿子苏格兰的詹姆斯六世继承了王位，成为英格兰的詹姆斯一世。从此，英格兰和苏格兰同归一个君主统治，开始了不列颠统一进程的第一步——王室联合。

在爱丁堡城堡的上层东侧，坐落着圣玛格丽特礼拜堂，这座800年前修建的石屋是爱丁堡现存最古老的建筑，传说是12世纪初苏格兰国王大卫一世为纪念其母所建，礼拜堂中精美的彩色玻璃窗描绘出马尔科姆三世的圣洁王后。此后英格兰与苏格兰常有战争，爱丁堡亦数度易手。这座石屋曾被作为火药仓库使用了200多年，其后又成为驻军教堂的一部分，直到19世纪中期才恢复原貌。现在这间简朴的礼拜堂依然是宗教场所，可以举办婚礼和洗礼仪式。每周都有一个名为玛格丽特的爱丁堡妇女轮流来此献上鲜花、打扫布置。

广场南侧的皇家会议大厅豪华富丽，建于詹姆斯四世时代，目

◆ 镌刻历史痕迹的苏格兰建筑

的是为了举办国家庆典，1633 年查理一世曾在这里举办加冕苏格兰国王前夜的宴会，现在人们仍常在此举行礼仪性聚会。17 世纪英国资产阶级革命时期，为了取缔一切英国王权的象征物，克伦威尔将大厅改成兵营。由于破坏严重，维多利亚女王时代重修大厅时，里面的装饰已不可能再重现原样，仅有两个房间保存着詹姆斯四世时代的天花板和文艺复兴时期雕刻的一些精美木制拱脚悬臂托梁，据说这也是整个苏格兰境内仅存的中世纪天花板。

城堡顶层是历代王室居住的寝宫，王宫一楼的王冠室中，陈列着象征苏格兰王权的三件宝物：王冠、权杖和宝剑。王冠造于 1540 年，黄金主体上镶嵌着珍珠、水晶和各种宝石，后来又加上了天鹅绒与貂皮装饰。纯银镀金的权杖是 1494 年教皇亚历山大六世送给苏格兰国王詹姆斯四世的礼物。宝剑则是教皇尤利乌斯二世于 1507 年送给詹姆斯四世的礼物。

剑刃上刻有圣彼得、圣保罗及尤利乌斯二世的标志。权杖和王剑首次共同使用，是在苏格兰玛丽女王的加冕仪式上。宝物展览柜中的另一件稀世珍品是苏格兰的国家象征"命运石（又名斯昆石）"。该石为古代苏格兰国王举行加冕礼时的座位，1296 年在征服苏格兰的战争中被英格兰国王爱德华一世掠走，1996 年被送回爱丁堡。

爱丁堡植物茂密繁多，从城堡居高俯视，满街都是葱茏的绿色。不论是大街还是小巷，深深浅浅的树影四季摇曳多姿。马齿苋树硬币大小的叶片繁盛丰润；壮硕的金边虎尾兰将刀一般的叶茎笔直地伸向天际，也有人将这种植物称为沙巴蛇草，它的叶子黄绿相间，时而笔直时而蜷曲，盘旋着向上攀爬，这种植物非常容易生长，插在土里就能成活，美丽而贴心；欧洲赤松只生长在英伦三岛的苏格兰，是英伦三岛北部唯一的原生松树，它一度是覆盖苏格兰高地大部分地区的喀里多尼亚森林的主要树种，也一度曾因山火、过度砍伐和过度放牧而濒临灭绝，但是近年来由于植物学家的精心培育重又出现在大不列颠，它可以单独成林，遍布爱丁堡街头，非常壮观。

从城堡一阶阶走下，荡胸顿生层云。城堡里，除周日的每天下午一点，名为"One O'clock"的炮声都会鸣响，延续着久远时代为利兹港口船舶报时的传统。踏着激烈的炮声回首望去，山巅上的爱丁堡城堡伫立在流光溢彩的晚霞间，沧桑不减，威严犹存，无言地昭示着威武不屈的苏格兰精神。爱丁堡城堡的美是一种沉毅雄浑之美，那难以形容的沧桑久久震撼人心。历史如同一道巨大的山峦，横亘在人们记忆的深处，它不动声色却又意味深长，它历经苦难却又豪迈昂然，它沉潜低伏却又气宇轩昂。那闲置的大炮、紧闭的城门、沟壑纵深的墙壁，无言地诉说着过往，更昭示着战争远去的宁静与和平。

良知，导航生命的灯塔
——司各特与苏格兰

I

沃尔特·司各特（Walter Scott）是爱丁堡的骄傲，被誉为西方的历史小说之父，当拜伦天才般地横空出世之后，司各特意识到他无法待在诗歌的塔尖，转而把注意力倾注于历史小说创作，终成英语历史文学的一代鼻祖。

有人说，19世纪初的英国文学就是两个小儿麻痹症患者支撑起来的，这话并不过分。这两个小儿麻痹症患者，一个是拜伦，一个是司各特。

如果将爱丁堡的地图对折，之后再对折，两条直线交叉之处一定是巍峨的司各特纪念塔。

司各特纪念塔静静地坐落在爱丁堡王子大街花园中，隔着王子大街与古老的詹纳斯百货公司大楼遥遥相望。司各特纪念塔靠近有名的威弗利车站(Waverley Station)，这个有着数百年历史的车站作为爱丁堡的一个地标，出现在很多文学艺术作品中，希区柯克的电影《爱德华大夫》中就曾经出现过这个车站，并将其作为交代信息的重要地点。

司各特纪念塔建成于 1844 年，1846 年 8 月 15 日正式揭幕。纪念塔是爱丁堡的地标式建筑，它高 61.11 米，整体采用哥特式建筑风格，四座小型尖塔拱卫着中央高塔，高塔底部四方都是拱门，塔中央立着白色大理石的司各特雕像。司各特身穿长袍，他的爱犬静静卧在他的身边。司各特文学作品中的 64 位主人公都被雕成雕塑环绕塔身，质感灵动，富有生趣。斗转星移，司各特宏伟的身躯似乎已经变得灰暗不堪，他的肩头站满了喜鹊，叽叽喳喳叫个不停。

建设司各特纪念塔的材料均来自爱丁堡附近开采的砂石，由于石质疏松，塔身在短短不到两百年间就变成黑褐色，岁月的尘埃一层又一层，叠加出时光的质感。如今，纪念塔已成为爱丁堡最重要的旅游景点之一，游客可通过狭窄的阶梯，到达尖顶上的观景台，俯瞰爱丁堡市中心及周边景色。

每到夏季，一个巨大的摩天轮就会在司各特纪念塔东侧拔地而起，这可以算是爱丁堡艺术节的一个副产品，古老的纪念塔与现代的摩天轮在广袤的草地上相映成趣。纪念塔凌空而起，来访者沿着狭窄的 287 级台阶盘旋而上，登上最高的观景台，还可以领取到勇敢者纪念证书。

每到冬季，司各特纪念塔下便围起了巨大的圣诞市场，市场从威弗利车站绵延向西，覆盖了几乎整个王子花园。风铃、香料、咖啡、饰品……形形色色的手艺家在这里展示各种各样的手工艺品，传统

和创新都可以在这里找到其精髓。

沃尔特·司各特是爱丁堡的骄傲。他是英国著名的诗人、小说家。准确地说，他早年是介于彭斯和雪莱之间、继布莱克之后英国最优秀的抒情诗人。司各特被称为西方的历史小说之父，当拜伦天才般地横空出世之后，他意识到自己无法待在诗歌的塔尖，转而把注意力倾注于历史小说创作，终成英语历史文学的一代鼻祖。

他的历史小说对后来的小说家比如英国的狄更斯、斯蒂文森，法国的雨果、巴尔扎克、大仲马，俄国的普希金，意大利的曼佐尼，美国的库柏等都曾产生深刻影响。《威弗利》（*Waverley*）、《艾凡赫》（*Ivanhoe*）、《修道院》（*The Monastery*）、《古董家》（*The Antiquary*）、《修道院院长》（*The Abbot*）、《皇家罗伯》（*Woodstock*）、《中洛辛郡的心脏》（*The Heart of Midlothian*）、《修墓老人》（*Old Mortality*）等，都曾经被翻译为中文，深深地影响了中国作家的文学创作。

1771年8月15日，司各特出生于爱丁堡一个苏格兰的古老家族，他的祖先里不乏一些英武桀骜的人物，其中年代久远的有他在《末代行吟诗人之歌》里提到的"哈登的沃特"，稍近些的有他在《玛密恩》里提到过的大胡子曾祖父，他积极拥护被迫退位的英王詹姆斯二世，为斯图亚特王室被排斥在王位之外誓不剃须，以"大胡子"为荣。

司各特的父亲是位律师，他曾在父亲的事务所当见习生；母亲安妮·拉瑟福德是一位医生的女儿，受过良好的教育，她给司各特带来了不少创作灵感，对他走上文学创作道路影响至深。

◆ 拾级而上的
司各特塔

司各特 18 个月时不幸患上了小儿麻痹症，导致终身腿残，给他的生活带来了诸多不便。但也许正因为这个缘故，他把绝大部分精力都投入到了文学的阅读和创作之中。对他走上文学创作道路产生过重大影响的，还有他的舅舅拉瑟福德医生，司各特通过他结识了不少博学多才的人。

1789 年，司各特进入爱丁堡大学攻读法律，1792 年毕业，如他父亲所愿，成为律师。然而，他对此并不感兴趣。司各特后来在文章中写道，他的理想是成为一名军人，要不是身体残疾，他会去从军。司各特 1799 年被任命为塞尔寇克郡副郡长。1802 年至 1803 年，他搜集整理的 3 卷《苏格兰边区歌谣集》出版，引起了广泛的注意。1806 年他被任命为爱丁堡高等民事法庭庭长。

除了苏格兰启蒙运动，对年轻的司各特影响最深的恐怕是法国大革命及其对大不列颠和苏格兰的影响。司各特对 18 世纪 90 年代的政治和社会危机做出了强烈的反应，坚决反对雅各宾主义。在当时的苏格兰，雅各宾主义十分盛行，人们对它的镇压也特别残酷。1797 年，司各特帮忙组建了一支骑兵志愿队。同当时大不列颠其他地方的军队一样，这支志愿队也是由中产阶级组成，一方面抵抗法国的入侵，另一方面则威慑那些支持法国、时常造反的工人们。司各特在这支队伍里表现出了无比英勇的气概。

毫无疑问，司各特早期的诗歌活动是属于古典主义的。司各特小时候很喜欢听古代民间传说、历史故事以及各种宗教迫害故事，对苏格兰家喻户晓的民间传说耳熟能详，那些苏格兰英雄辈出而又令人伤感的遥远往事令他感喟不已，且终身兴趣不减；他对描写普通百姓的传统通俗文学也是钟爱之至。此外，由于幼年多病，他长期在苏格兰山区修养。这一切对他后来从事历史小说创作、激发想象力产生了决定性的影响。青少年时代，他的假日在苏格兰偏僻地区度过，他在这里搜集、整理了大量历史传说和民间歌谣。在12岁至15岁时，他曾为爱丁堡皇家中学校长翻译了古罗马诗人维吉尔和贺拉斯的一些诗歌，他自己创作了一首描写暴风雨的三节英雄双行诗和十行描写夕阳西坠的小诗。从15到16岁开始，他的诗歌开始具有浪漫主义色彩，他在1787年爱上了"克尔斯的杰西"，将自己一些矫揉造作的情诗寄给杰西。杰西住在爱丁堡照顾她生病的姑妈时，司各特常常去与她相会。为防止与杰西的姑妈迎面撞见，司各特常常躲进一个狭窄的壁橱，等待危险消除。为此，司各特写过一首《囚徒的抱怨》：

酒杯随着我的呼吸颤抖
他们真离我近在咫尺
酒瓮正压着我的双脚
酒壶触到了我的手指

这首诗显然已经具有了民间抒情诗那种活泼的幽默情趣。

1805年，司各特创作的第一部长篇叙事诗《末代行吟诗人之歌》（*The Lay of the Last Minstrel*）问世。长诗一出版就震动了苏格兰和英格兰，这部作品给司各特带来了声誉。

那条路很长，那天风很冷，
那是位老又弱的行吟诗人。
他两颊枯槁，他白发披散，
他看来也曾经得意过一番。
有孤儿一名在替他背竖琴——
如今就这张琴能使他高兴。
行吟诗人中他已是末一个——
还在唱边区骑士的纪功歌：
唉，因为他们的时代已消逝，
他弹唱的同道已先后去世。
……

竖琴声抑扬顿挫地响或轻——
铿锵的弦儿他一一地拨动；
目前的情景，未来的运气，
他的辛劳和需求全被忘记；
酣歌中，叫人胆寒的畏怯
和老人的心头霜消融化解；
不可靠的回忆留下的空白，
凭诗人的热情他全补出来；
就这样，竖琴在应和作响，
末一代的行吟诗人在歌唱。

这是长诗的引子，清丽脱俗，哀婉动人。长诗以苏格兰贵族世家的两个门阀之争为线索，以苏格兰和英格兰之间的边境之争为背景，穿插了玛格丽特和格兰斯特这一对儿"罗密欧与朱丽叶"的恋爱故事，完整展示了苏格兰16世纪的风俗习惯和生活方式。

这部作品的惊人成功，极大地激发了司各特的写作热情。1808年，长诗《玛密恩》出版。它以1513年英格兰和苏格兰进行的弗洛登战役为背景，描写英国贵族玛密恩使用诬陷手段夺取贵族拉尔夫的未婚妻，最后阴谋暴露，玛密恩在弗洛登战死的故事。

这部作品被认为是司各特最优秀的长诗。他的脍炙人口的长诗《湖上夫人》（*The Lady of the Lake*，1810）叙述中世纪苏格兰国王和骑士冒险的事迹，描绘了苏格兰的自然风光，充满了浪漫主义色彩。司各特的长篇叙事诗采用历史事件或民间传说作为题材，有丰富的想象和较高的艺术技巧，但也流露了对封建王朝和骑士理想的同情。

1811年，司各特出版了《唐·罗德里克的梦幻》；1813年，他出版了第五部叙事长诗《洛克比》；同年，他出版了他的第六部长诗《特莱厄蒙的婚礼》。此时，他的名声陡增，然而，他自己却深感创作热情的递减、诗歌才华的消逝。他在日记中写道："我知道，如果说我的诗歌和散文真有什么优点的话，那就是我的文字中具有一种急匆匆的率直态度，而这是士兵、海员以及生性大胆而活泼的年轻人所喜欢的。"1813年，英国王室决定授予司各特桂冠诗人的称号，但是司各特拒绝接受，成为继托马斯·葛雷（1716—1771年）之后第二位不接受这一封号的诗人。尽管如此，1820年，英国王室还是决定封他为从男爵，所以后世称呼他为"司各特爵士"。

1814年，司各特匿名发表一部历史小说《威弗利》，描写1745

年詹姆斯党人起义的历史事件。他赞扬热爱自由的苏格兰山地人民的斗争，同时指明了苏格兰落后的氏族社会制度在资本主义冲击下必然衰亡的命运。这部小说深受读者的欢迎，司各特便用"威弗利作者"的化名接连写了许多部历史小说，直到1827年才公开自己的作者身份。

说到司各特的作品，总是绕不开他的几部代表作：《威弗利》《艾凡赫》《订婚记》《皇家罗伯》，它们是英国文学的奇迹。《艾凡赫》描写"狮心王"理查东征时失踪，其弟约翰趁机夺位摄政。撒克逊贵族塞得利克打算联合本族人恢复王朝。与此同时，理查秘密回国，他得到诺曼人和塞得利克之子艾凡赫及绿林好汉罗宾汉等撒克逊人的帮助，终于战胜约翰，重登王位，肃清叛逆。塞得利克等人也认清了形势，决定和诺曼统治者合作。作品反映了12世纪英国"狮心王"理查时代撒克逊人和征服英国的诺曼人之间的民族矛盾，以及统治阶层和劳苦人民的阶级矛盾。这部小说浪漫主义气息浓郁，富有时代气氛和地方色彩，语言古雅，人物形象丰满。

《艾凡赫》体现了司各特最突出的创作特点：人物鲜明，语言精致，没有太多的苏格兰口语，便于翻译成其他文字，更便于读者阅读和理解。正因为如此，这部小说十分受欧洲及其他地区文学家、翻译家的欢迎，他们将《艾凡赫》翻译成各国文字，而且对此极尽模仿，更有些国家把它改编成歌剧和戏剧上演。

《皇家罗伯》是司各特最优秀的历史长篇小说，它反映了1715年苏格兰人民起义的英雄事迹，写出了当时的民族、宗教和社会等方面的错综复杂的矛盾，以及各阶层人物的种种心理状态。该书的

◆ 司各特塑像

发行，曾受到马克思的高度赞扬，故事中描写了被人称作"苏格兰的罗宾汉"的部落英雄人物。

司各特的文学写作充满热情，但是他的感情生活似乎并不顺利。18 世纪 90 年代初，司各特经历了一场感情危机。他深深地爱上了一位名叫威廉明娜·贝尔思奇的姑娘。可姑娘的父母认为他配不上他们的女儿，结果把她嫁给了别人。司各特失望至极，伤心不已，内心留下了一道经年不愈的伤疤，多少年以后，每当想起这位姑娘，他依然久久不能平静。1797 年 12 月 24 日，他娶了一位法国女人——夏洛特·卡彭特。他们共生育了 5 个孩子。这桩婚姻虽然平稳，但夫妇间没有多深的感情。

司各特像他作品中的人物一样，表现出一种骑士风度——高尚、恢宏、伟岸，他是一个诚实守信的人，虽然很贫穷，但是人们都很尊敬他。

司各特落魄时，他的朋友们商量，要凑足够的钱帮助他还债。司各特拒绝了："不，凭我自己这双手我能还清债务。我可以失去任何东西，但唯一不能失去的就是信用。"为了还清债务，他像拉板车的老黄牛一样努力工作。

当时的很多家报纸都报道了他经营失败的消息，有的文章中充满了同情和遗憾。他把这些文章统统扔到火炉里，他在心里对自己说："沃尔特·司各特不需要怜悯和同情，他有宝贵的信用和战胜生活的勇气。"

在那以后他更加努力地工作，学会了许多以前不会干的活，经常一天跑几个单位，变换不同的工作，人累得又黑又瘦。有一次，

他的一个债主看了司各特写的小说后，专程跑来对他说："司各特先生，我知道您很讲信用，但是您更是一个很有才华的作家，您应该把时间更多地花在写作上，因此我决定免除您的债务，您欠我的那一部分钱就不用还了。"司各特说："非常感谢您，但是我不能接受您的帮助，我不能做没有信用的人。"

这件事之后，他在日记本里这样写道："我从来没有像现在这样睡得踏实和安稳。我的债主对我说，他觉得我是一个诚实可靠的人，他说可以免掉我的债务，但我不能接受。尽管我的前方是一条艰难而黑暗的路。"

由于繁重的劳动，司各特数次病倒。在病中，他经常对自己说："我欠别人的债还没还清呢，我一定要好起来，等我赚了钱，还了债，然后再光荣而安详地死。"

1825 年，司各特的出版社合股人破产，司各特以英雄气概承担了 114,000 英镑的全部债务。他加紧写作小说，因此他后期的历史小说显得草率。他的健康也因此受到损害。1832 年 9 月 21 日，司各特在阿伯茨福德去世。

司各特的成功曾经为他带来了极为可观的收益。1811 年开始，他先后花费巨额的钱财（76000 镑）购置了特威德河边阿伯茨福德——翻译过来就是"修道院长的津渡"——的大片土地，修建起一座华美的哥特式建筑作为府第。从这座府第建成，司各特一直在这里生活、写作，赚了数不清的财富，又转瞬间将这些财富消耗殆尽。

司各特的阿伯茨福德，与司各特纪念塔一样，是全世界热爱司各特的游客的必到之地。就像他小说中的人物艾凡赫、罗布·罗伊一样，这里也是他自己的创作。司各特为阿伯茨福德的建筑打造一切细节，将其塑造为融入他诗歌和小说的苏格兰式的浪漫化身。这座建筑今天得到了很好的修复，真实还原了当年的历史场景，并被赋予了适用于 21 世纪的服务设施、公共标记，这些与司各特纪念塔融为一体，成为热爱沃尔特·司各特的后世读者最珍爱的文化遗产，甚至有专家猜测，观众对他的住宅和不动产的兴趣复兴，很可能会带动一场类似对他作品的兴趣的"文学复兴"。

苏格兰人热爱司各特，将他看作他们心目中的歌手，并且以其为骄傲，认为他是做一个苏格兰人的榜样。"每个人的良心就是为他引航的最好向导。"在司各特的一部小说中，他写道。这是司各特文学的写照，也是他生命的写真。

爱丁堡的魔法女侠
——J.K. 罗琳和
哈利·波特

“十九年来，哈利的伤疤再也没有疼过，一切都很好。”

　　2007 年 1 月 11 日晚上，J.K. 罗琳在爱丁堡巴莫落酒店 552 房间里，写下小说《哈利·波特与死亡圣器》的最后一句话。

　　《哈利·波特》18 年漫长的写作历程，像一列永远也抵达不了终点的列车，而今，写作告一段落，其中甘苦，又有谁知？罗琳合上电脑，从冰箱里取出一瓶香槟，一饮而尽，号啕大哭。

　　1965 年 7 月 31 日，相貌平平的 J.K. 罗琳出生于英国格温特郡。父亲彼得是劳斯莱斯公司的飞行器工程师，母亲安妮是学校科学实验室里的技术员。她自幼喜爱文学，一度疯狂地写作，写自己的所见所想，将自己的遭际和人间百态凝固在笔端，然而现实很残酷，一年间她仅发表了 7 篇文章，其中 3 篇没有稿费，只给了她几本刊物。那些五彩斑斓、浓郁芬芳的梦想一次又一次诱惑着她，可是，生活给予她的则是一次又一次的挫败，唯一支撑她的，就是对文学的热爱。

◆ 埃克塞特大学
校内雕塑

1987年春，22岁的罗琳从埃克塞特大学毕业，生存的问题摆在面前，她在伦敦找到了一份教授英语的差事，工作的需要使得她时常在几个城市之间往返。

两年过去了，一次，罗琳在曼彻斯特前往伦敦的火车旅途中，看到一个瘦弱、戴着眼镜的黑发小巫师，他一直在车窗外对着她微笑。他的出现使她萌生了创作哈利·波特的念头。虽然当时她的手边没有纸和笔，但她已经开始了天马行空的想象。于是，哈利·波特诞生了——一个11岁小男孩，瘦小的个子，黑色乱蓬蓬的头发，明亮的绿色眼睛，戴着圆形眼镜，前额上有一道细长、闪电状的伤疤。

哈利·波特，就这样诞生了。这个给全世界数亿读者带来无穷想象、欢乐、痴迷的文学形象，伴随着他的创造者——罗琳的希望和祝福，也伴随着罗琳的苦难和忧愁而生。

此时的罗琳还是个刚刚毕业的学生，为生计之故，罗琳跑到葡萄牙当起了英语教师。晚上教书，白天写作。在酒吧里，她遇见了自己的第一任丈夫，一个葡萄牙记者。聊到英国作家简·奥斯汀，两人产生了奇妙的好感并迅速结婚，次年罗琳生下了自己的女儿。然而遗憾的是，两个人的婚姻只持续了十三个月零一天。他们婚姻的最后一天晚上，她的丈夫把罗琳拖出家门，殴打她的头部，当时还是凌晨5点。

为逃离这段失败的婚姻，罗琳带着女儿回了苏格兰，在爱丁堡妹妹家附近租了一间房子。婚姻失败，没有工作，还有一个嗷嗷待哺的孩子，毕业7年，罗琳领着政府的低保救济，自嘲是"我所见过的最失败的人"。家里没有暖气，为了保证在寒冷的冬天能够继续写作，她经常推着婴儿车来到附近的咖啡馆，在那里一坐就是一整天。

爱丁堡不少地方留存着罗琳的印记——大象咖啡馆、尼克尔森咖啡馆。哈利·波特魔法般的横空出世和罗琳的生活轨迹在爱丁堡交错，并成为"哈迷"们瞻仰的圣地，甚至成为爱丁堡的一个重要文化符号。

沿着繁华的王子大街向东，穿过苏格兰国家画廊、人流如织的王子花园，转而向南，再走过气势磅礴的苏格兰皇家银行，从北桥大街走到南桥大街，就是大象咖啡馆。正是在这家咖啡馆，贫穷的女作家罗琳沉浸于她的魔法世界，写出震惊世界的七卷本《哈利·波特》中的第一和第二部。

当时，罗琳生下女儿才 4 个月。因为没有生活来源，罗琳只能靠救济金生活，成名后在哈佛大学毕业生典礼的演讲中，罗琳曾经感慨："我在你们这个年龄恐惧的，不是贫穷，而是失败。"失败、不幸、痛苦，让罗琳赋予了哈利·波特别样的坚韧、顽强、智慧，这真是让人感动不已。

今天的咖啡馆门口贴着一张招贴画，上面写着"哈利·波特诞生地"，还有一张照片，是罗琳坐在咖啡桌前写作的情境。作家身穿蓝色棉布衬衣，披着一头红色的长发，一手支着脑袋，一手拿一笔，在一本摊开的本子上聚精会神地写着。她的面前盛着一杯咖啡，这是店里最小的纸杯，就是凭着这样的一杯咖啡，她在这里度过了无数寒冷寂寞的日子。

大象咖啡馆还算是价格适中、环境优雅的地方。因为罗琳的缘故，这家小小的咖啡馆如今声名陡增，咖啡馆门前人头攒动，旅游盛季要在这里找到一个位置，可能要等上几十分钟甚至几个小时。

咖啡馆被一道墙壁隔为两个部分，外面有点像快餐厅，里面则是阳光灿烂的惬意区域，等到里面的座位要花费很多耐心。

咖啡馆里到处都是哈利·波特的印记：

This way to the Ministry of Magic →

This toilet to the Ministry of Magic →

You have to speak Parsel mouth to enter the Chamber of Secrets →

当然，"魔法部""蛇语"这些专用词语，只有"哈迷"才能懂。

大象是大象咖啡店的主题，从一进门开始，不同形色的大象就不断跳入人们的眼帘，玻璃柜里是不同材质风格的大象玩偶，桌椅是稳重的大象木雕，甚至玻璃上都贴满了大象贴纸。原来，这个咖啡馆曾经是一家反对猎杀大象、保护野生动物的主题咖啡馆，尽管因罗琳蜚声海外，他们却不改初衷，立志将保护野生动物的决心进行到底。

跟苏格兰其他的咖啡馆相似的是，苏格兰咖啡、苏格兰热巧克力是这里最经典的饮品，一杯香味浓郁的苏格兰咖啡、一杯香气扑鼻的苏格兰热巧，让阴雨绵绵的冷秋和寒冬也有了暖意。当然，独具风味的大象咖啡是绝对不能错过的。点一杯大象咖啡，点两道甜点，一边观看来来往往的行人，一边感受当初罗琳写作时的境况，也是别有一番意境。苏格兰人喜欢喝下午茶，所以每到下午，大象咖啡

◆ 红丝绒蛋糕

馆里的生意就格外的好。对于东方人来说，苏格兰的餐后甜点似乎比那些油腻腻的正餐要美味得多，酸酸甜甜的红丝绒、甜糯爽口的提拉米苏，都令人难忘。阳光透过雕花的窗棂，静静地洒在古旧的咖啡桌上，洒在拼花的墙面上，洒在每一张恬淡而满足的面孔上。让想象无垠地放飞，罗琳似乎就坐在我的身边，安静地写着哈利·波特同赫敏、罗恩如何密谋逃脱密室、找到神秘的魂器，最终打败妄图长生不老、一统世界的伏地魔，这样的安逸和满足似乎凝固了时间。

英国人毫不掩饰对哈利·波特的喜爱。不仅在苏格兰，在英格兰、威尔士，甚至在不远的邻国爱尔兰，这样的喜爱随处可见。伦敦有一个非常有名的车站——国王十字车站，这里是伦敦地铁的重要中转站，也是欧洲列车的重要始发站。这里也是电影《哈利·波特》的拍摄地，摩肩接踵的候车大厅的一角，就是哈利·波特穿越现实世界抵达魔法世界的"$9\frac{3}{4}$ 站台"，是现实生活与魔法世界的分界点。

国王十字车站站台的设计极妙，九号站台和十号站台之间，黄色的砖墙上赫然有一辆嵌在墙里的手推车，它既特别，又不突兀。它仿佛正在被魔法学校的学生推着，马上就要穿墙而过，到达那个神秘的魔法世界。幽默的英国人为了满足"哈迷"的愿望，在这里做了这样一个设计。我们仿佛看见第一次去学校的哈利推着手推车，茫然地问工作人员："$9\frac{3}{4}$ 站台在哪里？"许多游客来到这里，排队以这辆手推车为背景拍照，孩子们更是穿戴上霍格沃茨魔法学校的长披风、长围巾，唱着，笑着，跳着，争着将手推车推进墙壁里。

在完成《哈利·波特》系列之后，罗琳从儿童文学转向成人文

◆ 九又四分之三
站台

学的创作，她出版的首部成人小说《偶发空缺》尽管不如《哈利·波特》"洛阳纸贵"，但是依旧有很高的销量。她还用罗伯特·加尔布雷思的笔名，写了三本推理系列的小说。读者都期待着在哈利·波特之后，罗琳能继续为人们开启一个更加奇妙、更加璀璨的新世界。

英国对文学的尊重不仅体现在厚重的英国文学史中，还体现在英国的日常生活里。爱丁堡更是如此，在历史悠久、富有艺术气息的古城，墙上的每一块石头、地上的每一块卵石，似乎都深藏着一个又一个故事。爱丁堡也有很多关于巫师和魔法的传说，有很多阴森恐怖的地牢博物馆，还有着惊悚的万圣节鬼魂游传统，带着"僵尸"和"吸血鬼"面具、手执利刃或刀斧的年轻人，穿着恐怖的血衣，在狭小的巷子中穿行，不时跳出来吓唬行人，既吓人又刺激。这些无形中激发了罗琳的灵感。对文学的痴迷深植这个城市的角角落落，爱丁堡整个城市人口不足 50 万，却有着令人惊叹的文学传统。作家沃尔特·司各特、诗人罗伯特·彭斯、《金银岛》《化身博士》的作者史蒂文森、福尔摩斯的创造者柯南·道尔，都是骄傲的爱丁堡人。王子大街上最醒目的地标就是司各特纪念碑，高达 60 米，这是目前世界上最大的一座作家单体纪念碑。爱丁堡对诗人和作家充满了敬意。联合国教科文组织于 2004 年将爱丁堡命名为世界文化遗产城市，不仅仅因为其荟萃欧洲中世纪特色建筑，更因为其深厚的文学传统。

沿街走来，苏格兰民族英雄铜像林立，使人敬慕油然而生。一个国家、一个民族的荣耀不是写在教科书中，而是印在每一个人的日常生活和行为里，尊重历史、尊重文化，这就是爱丁堡的品质和修为。

《哈利·波特》从小说改编为电影，更是让罗琳拥有无以数计的粉丝，人们都被其奇幻的想象和丰富的情感而吸引。2013 年 2 月，英国广播电台第四台节目《妇女时间》将罗琳评为英国第 13 位最有权势的女性。2017 年 12 月 12 日，罗琳被英国王室授予名誉勋位，剑桥公爵威廉王子为其授勋。哈利·波特为罗琳带来魔法般的巨大财富，她也从一个贫困潦倒、默默无闻的"灰姑娘"，一跃成为尽享尊荣、财产超过英国女王的作家首富。

非常有趣的是，罗琳和哈利·波特也成为 AI（人工智能）关注的对象。美国《时代周刊》、英国《每日邮报》等媒体纷纷报道，"哈利·波特又更新了！"但是，这一次这个魔法系列新篇章的作者不是罗琳，而是一个预测编码键盘。

这本新的"哈利·波特"，叫作《哈利·波特与看起来像一大坨灰烬的肖像》。小说的背后团队叫作波特尼克研究室，他们制作了一个叫作"预言键盘"的算法，这个算法可以根据已经输入的内容来猜测接下来会出现的内容。

研究员们先将七本《哈利·波特》原著全部输入算法，训练它，然后通过一小段引导文章，让电脑自己写出《哈利·波特》新篇。

12 月 13 日，罗琳被授予名誉勋位的次日，波特尼克研究室的推特官方账号放出了《哈利·波特与看起来像一大坨灰烬的肖像》的第 13 章。读罢这一章，成千上万的"哈迷"笑逐颜开，奔走相告，表示"2017 年终于圆满了"。

我们不妨也来一读：

狂风向着地面上的城堡咆哮。外面的天空像是纯黑的天花板，上面洒着鲜血。

海格的小屋里，唯一一点声音是他家具发出来的刺耳叫声。

魔法：它是一种哈利·波特觉得好的东西。

当哈利走向城堡时，皮革纸般的雨击打在他的灵魂上。罗恩站在城堡前，跳着一种堪称狂乱的踢踏舞。他看到了哈利，然后立马开始吃赫敏的全家（没有看错，原文如此）。

罗恩的衬衫就和罗恩本人一样糟糕。

"如果你们两个不能高高兴兴地聚在一起，我就要使用暴力啦。"向来讲道理的赫敏说道。

"那罗恩魔法怎么办？"罗恩说。对哈利来说，罗恩是一只又吵、飞得又慢，看上去软乎乎的小鸟。哈利不喜欢想到小鸟。

"食死徒在城堡顶上。"罗恩颤抖着，轻声说。罗恩要变成一只蜘蛛了，实际上他已经变成了一只蜘蛛。他对此一点儿都不骄傲，但如果在说了而且已经变成蜘蛛后，想让自己身上不爬满蜘蛛是很难的。

"看，"赫敏说，"很显然城堡里有大量的食死徒，我们去听听他们见面讲什么。"

三个好朋友溜到了城堡屋顶的门外。他们差点儿要爬楼爬上去，但这不应该是巫师们做的事。

罗恩看着球形的门把手，然后带着强烈的痛苦转头看赫敏。

"关着的。"楼梯先生说，他是一个穿得破破烂烂的幽灵。

所有人都看着门，大声争论着它到底关得有多严，讨论要不要用一个小圆球来代替它。

这个门的口令是……

"牛肉女人。"赫敏高喊道。

哈利、罗恩和赫敏安安静静地站在一圈看上去很糟糕的食死徒后面。

"我觉得，如果你喜欢我，真的没关系。"一个食死徒说。

"太感谢你了。"另一个回答。前一个说话的食死徒自信满满地倾过身，亲吻他的脸颊。

"哇哦！干得好！"后者说，他的朋友身体又退了回去。

其他食死徒们都开始礼貌地鼓掌。之后他们又花了几分钟时间谈论如何挫败哈利的魔法的计划。

哈利感觉到伏地魔站在他身后。他感到一阵强烈的过度反应。哈利瞬间把自己的眼睛从头上撕扯下来，丢到森林里。伏地魔对着哈利扬了扬眉毛，不过此刻他当然什么都看不见。

……

不难想象，波特尼克研究室马上成了"哈迷"关注的焦点。其实，纵使 AI 有着高超的算法，最终离不开罗琳非凡的文学想象，而后者正是让一切化腐朽为神奇的惊人"魔法"。

苏格兰风笛：
高地的天籁之音

告诉你，我的孩子

在你的一生中，有许多事值得争取

但，自由无疑是最重要的

永远不要戴着脚镣，过奴隶的生活

　　这是苏格兰民族英雄威廉·华莱士生前最喜爱的苏格兰民歌，
在梅尔·吉布森的电影《勇敢的心》中不断重现。

　　伴随着悠扬哀怨的苏格兰风笛，镜头飞一般掠过蜿蜒起伏的苏
格兰山脉，霭霭雾气从河面升腾，袅袅炊烟在乡野鼓荡。镜头推近，
草甸如黛，马儿嘶鸣，树林间，苏格兰人欢快地歌舞。一个低沉的
画外音响起："我将为你们讲述威廉·华莱士的故事。英国的历史
学家也许会说我在说谎，但是，历史是由处死英雄的人写的……"

　　宁静苍凉的高地风光，铁骨柔情的民族英雄，威廉·华莱士策

◆ 穿传统服装起舞的苏格兰男人

马奔腾，威武不屈。他对深深相爱的爱德华王妃说："每个人都会死，但是，并不是每个人都真正活过。" 华莱士受尽折磨，以致看热闹的观众都忍不住齐声呼喊："宽恕！"然而，他用仅存的最后一口气，高喊出的却是："自由！"

华莱士在行刑前那声悲壮而震撼人心的呐喊，构成了我对苏格兰的最初印象。高高耸立的爱丁堡城堡，历来是苏格兰精神的象征，城堡门前立有两座守卫者的纪念雕像，其中一位就是威廉·华莱士。作为苏格兰民族英雄，他被苏格兰人民以各种方式长久地纪念。

13世纪末叶，当时的苏格兰王约翰·巴里奥尔横征暴敛，百姓奋起反抗。巴里奥尔见大势已去，向英格兰国王"长腿爱德华"一世求助，双手将君权奉上，爱德华一世以高压手段统治苏格兰，制造了无数疯狂的大屠杀事件，威廉·华莱士的父亲与哥哥便是其中的受害者。华莱士在父兄的葬礼后由叔叔奥盖尔认养，成年后回到故乡。此时的苏格兰仍处于爱德华一世的残酷统治下，为了笼络贵族，爱德华一世出台规则，赐予英格兰贵族享有苏格兰女子新婚初夜权。为了逃避这条规则，威廉·华莱士与心爱的女友茉伦秘密成婚。可是，茉伦因遭到英军士兵的调戏被残暴杀害，失去爱妻的威廉·华莱士揭竿而起，开始了他的反抗之旅。

威廉·华莱士的军队势如破竹，先后赢得了多场战役，包括斯特林格桥之役、约克之役。然而威廉·华莱士此后却遭到联合的苏格兰贵族背叛，最后在福柯克之役失利。在福柯克之役失败后，华莱士开始采取躲藏游击战术对抗英军，并且对背叛的两位苏格兰贵族采取报复。随后，苏格兰贵族要求与华莱士会面，华莱士相信贵族首领罗伯特·布鲁斯，因此独自赴会，但不料被布鲁斯的父亲以及其他贵族出卖，华莱士终被抓获，受到英格兰行政官审判。威廉·华莱士被斩首后，受到其勇气影响的苏格兰贵族罗伯特·布鲁斯再次率领华莱士的手下对抗英格兰，这次他们大喊着华莱士的名字，并且在最后赢得了热盼已久的自由。

不管在何时，不管在何地，与华莱士的铁血英雄形象相生相伴的，是悠扬的苏格兰风笛。

翻开苏格兰的历史，我们不难发现，里面其实只写了两件事：一件是被侵略，一件是反抗侵略。历经无数次尝试，人们发现，世界上没有一个民族能够征服顽强的苏格兰。然而，风笛或许是个例外。

风笛最早起源于古代西亚两河流域的苏美尔地区，约公元 1 世纪流传到古罗马，后来随着罗马侵略者的马蹄传到苏格兰。苏格兰风笛最早是应用于军事，那时候风笛象征着军魂，每一位风笛手都有自己固定的风笛，损坏风笛、演奏失败，风笛手都要受到严厉的惩罚。苏格兰部落之间盛行吹奏风笛的风气启于麦克科瑞曼时代（关于 MacCrimmon 的事迹记录在一首著名的歌谣 "MacCrimmon's Lament" 里）。在光荣革命中被剥夺王位的詹姆斯二世，是英国最后一位天主教英格兰国王兼苏格兰国王。据说詹姆斯二世在位时，各部落便靠风笛来联络感情，团结各部族的力量，以维持高地的传统势力，抵抗异族的侵略。

直到 1950 年，风笛才不再是军队的召集号和冲锋号，而成为一种可以演奏的乐器。每年的 8 月，爱丁堡艺术节在爱丁堡如期举办，热情的苏格兰人会向全世界奉上他们的艺术"佳酿"，壮观的场面令人如痴如醉。艺术节每年的参赛作品各不相同，但有一点是肯定的，最后的一个节目一定是一位风笛手演奏的苏格兰民族音乐曲目。

在爱丁堡，风笛无时不在，无处不在。从爱丁堡城堡向东，直到荷里路德宫，是被誉为"全球景色最佳的大街"的王子大街。王子大街南侧的皇家一英里大道，是爱丁堡旧城的中心大道，这里是爱丁堡的城市中心，也是游客最喜爱逗留的地方，这里最引人瞩目的，是高地监狱教堂和圣吉尔斯大教堂。高地监狱教堂拥有 73 座塔尖，高塔从地面拔地而起，看过去瘦骨嶙峋，散发着一种忧郁诡谲的气息。圣吉尔斯大教堂则迥然不同，造型宛如苏格兰皇冠，盛大宏阔，神采奕奕。喜爱苏格兰风笛音乐的人，可以到爱丁堡的迎宾大厅欣赏最正宗的苏格兰音乐，这里经常上演古典音乐会，苏格兰国家管弦乐团是这里的常客。而对游客来说，在街头巷尾，随处可见身穿花格裙的演奏者吹奏的风笛才是最地道的苏格兰风情。在烈日的余晖里，身着苏格兰民族服装的演奏者一脸专注与愉悦，笛声荡漾在无垠的碧空中，荡漾在英雄的传奇里，荡漾在岁月的光泽里，滋润着平淡的日子。

每逢重大节庆，街上会挂满国旗，身着苏格兰格子裙的人们纷纷涌上街头相互庆祝。此时，婉转悠扬的苏格兰风笛响彻全城，成为爱丁堡一道美丽的风景。按照苏格兰风俗，演奏苏格兰风笛尤其是用风笛引导列队前进时，必须穿着苏格兰格子裙，后者显著的花格子图案曾经是区分不同宗族的标志，后来一度消泯，如今家族的属性虽日渐淡化，苏格兰风笛和苏格兰裙却都已成为苏格兰日常生活中不可或缺的、具有仪式感的符号。

如果有一种声音可以代表苏格兰，那一定是苏格兰风笛悠扬的乐音。当悠扬的风笛声飘过云雾缭绕的山岗，飘过尖顶耸立的爱丁堡老城，一切依然如往日的宁静，几百年甚至几千年的时光，就在风笛声中流逝，星星点点散落的牧人小屋和谐地点缀着翠绿的大地，在这天籁之音中，人们似乎可以忘记世间一切的罪恶和丑陋，只有对和平、公义、自由、平等的无限向往。苏格兰风笛，时而婉转动人，时而气势磅礴；有耳鬓厮磨的万种柔情，也有硝烟弥漫的悲壮豪迈。风笛响起，苏格兰的历史依稀都在飘散的乐声中。

苏格兰风笛并不是单指乐器本身而言，它还连接着一长串代表苏格兰高地传统文化的历史。这是一部融合血泪传奇的民族史诗，诗行中有着如水四泻的温暖、清新自然的风情，更有着刀锋凛冽的威严、蔑视一切的伟岸。

风笛原本是一种古老的民间乐器，又名风袋管，属于使用哨片的气鸣乐器，演奏难度极大，初学者光是基本功都要练习6个月，据说500个风笛手中才有一个能够圆满毕业，成为合格的演奏家。苏格兰风笛在结构上由吹管、气囊、演奏管和旋管组成，吹奏者要将气体吹进气囊，再通过臂力使得气囊中的气体鼓动乐器发声，这就需要吹奏者有一个能够平衡左右的大脑。古时候，风笛的气囊是用猪、牛、羊等动物之皮或者其他材料制作成的。主体结构最初的材料为本地可用的木头：冬青木、金链花木、黄杨木。之后，随着殖民扩张和贸易提供更多的异国情调的木材，热带硬木包括美洲乌木和非洲红木，都成为19世纪至20世纪前后制作苏格兰风笛的标准材料。今天，这些都为现代合成材料所取代，尤其是树脂，变得非

◆ 苏格兰街头的
   风笛演奏者

常受风笛制作者们欢迎。

苏格兰风笛演奏的方式是吹奏者对着吹管吹气。气囊起到存储气体的作用，这样吹奏者呼吸时亦可维持一段时间的音质。音管拥有开放式端口，所以在吹奏时音乐是很难停下来的，这意味着大多数的风笛在吹奏过程中声音始终是连贯的，乐曲中没有休止符。特殊的构造，使得苏格兰风笛的发音粗犷有力、音色嘹亮、包含各种装饰音，适用于表现英雄气概。

不少人容易将苏格兰风笛、爱尔兰哨笛、爱尔兰风笛混为一谈。根据剧情的需要，电影《勇敢的心》开篇小华莱士葬礼那个镜头中演奏者抱的是苏格兰风笛，但实际上配乐却是都用爱尔兰风笛演奏的。爱尔兰风笛曲风幽咽婉转，就好像在人们的心底演奏一样，令人回味无穷。《泰坦尼克号》中的配乐，其实是爱尔兰哨笛演奏的《我心永恒》前奏。三者区别在于，爱尔兰哨笛形状类似竖笛(现在有木制、金属制、树脂制)，苏格兰高地风笛和爱尔兰风笛是气囊状的，其中苏格兰高地风笛用嘴往气囊送气，而爱尔兰风笛则使用胳膊肘挤压风箱送气。苏格兰高地风笛的音色高亢，适合渲染情绪，而爱尔兰风笛声音哀怨，更擅长抒情。

苏格兰风笛是一种既可以独奏又可以合奏的乐器。独奏和合奏的历史都可以追溯到维多利亚女王时期。在乐团，它通常是作为风笛队的一部分，也可以由一名风笛手进行独奏。

风笛早已升华为苏格兰文化中不可或缺的一部分。直到今天，苏格兰的高地风笛曲在社会中仍扮演着一个相当重要的角色。在各种民间仪式，都少不了苏格兰风笛悠扬的乐声。不论是婚丧嫁娶，

还是军事行动，苏格兰风笛是不可或缺的主角。风笛，更多的时候出现在苏格兰人的狂欢节目上。在某个闲暇的下午时分，或者某个盛大的节日庆典上，天性活泼豪爽、能歌善舞的苏格兰男男女女便会聚集在草地上，吹起动人悠扬的风笛，跳起欢快的舞蹈，日子喜乐而惬意。

当悠扬的苏格兰风笛声飘过秀美的山峦，飘过古老的草场，一切依然如往日的宁静，和谐地点缀着翠绿的大地，在这里，人们似乎可以忘记世间一切的罪恶和丑陋，只有和平、温馨、自由的家园。苏格兰风笛，有它的欢愉，有它的轻快，有它的跳跃。见证无数岁月的变迁，苏格兰风笛就这样代代相传。

今天，苏格兰风笛已经风靡世界各国，带着苏格兰的豪迈和粗犷，响彻世界的每一个角落。

◆ 诞生于辽远高地
　的苏格兰风笛

自由与威士忌总是相伴而行
——记苏格兰诗人罗伯特·彭斯

苏格兰人常说，他们从来不向王权叩拜，只为上帝和美下跪。在彭斯墓园，我没有看到王权和上帝的痕迹，而是看到了苏格兰人顶礼膜拜的美——力量之美、精神之美、智慧之美。

从皇家一英里出发，向卡尔顿山行进的道路开始变幻莫测。与彭斯的相逢，便是这变幻莫测中的意外惊喜。

爱丁堡是山城，初踏上爱丁堡的土地，不由得联想到中国重庆。像我这种在平原长大的人，总是对山城的地势充满惊诧，不明白何以同样一个地方，竟然能错落出如此丰富的层次，更不明白这些错落的山路如何在一张地图上被清晰地标注。正如在重庆时常迷路一样，初来乍到爱丁堡，山重水复疑无路、柳暗花明又一村几乎是我每天的功课。然而，恰恰是这样的地形地势，让爱丁堡具有了独具特色的美和魅力。

爱丁堡的美是沉毅的，凝重的，坚实的，它意味深长而又不动声色，它砥砺忧郁而又生机勃勃，它神秘莫测又澄明透彻。

皇家一英里的建筑是最能体现爱丁堡特色的中世纪辉煌杰作，苏格兰议会大厦、圣杰尔斯大教堂、老法院、律师图书馆、苏格兰银行总部、苏格兰国家博物馆、亚当·斯密的雕像、皇家荷里路德行宫……都可以在皇家一英里尽收眼底。一路上，暗灰色的克雷格莱斯砂岩建筑层层叠叠，在阴郁的苏格兰天空下，气势磅礴，气宇轩昂。粗糙的石壁质朴、刚健，岁月浸染而留下的墨黑石色，让高低起伏的山地有股难以形容的沧桑之美。

从皇家一英里向荷里路德行宫行进的道路有很多条，遇见彭斯则是在一条荒凉得几乎像走到天边的路上。彭斯的雕塑伫立在一个硕大的墓园里，陡然而至的巍峨令人心生崇敬。应该承认，是这个花园的神秘气息首先打动了我，紧锁的大门、杂芜的野草、孤寂的白鸽，彭斯的名字镌刻在雕像的基座之上——

罗伯特·彭斯（1759—1796年），苏格兰民族歌手、抒情诗人，出生于苏格兰艾尔郡阿洛韦镇。

我曾经一个星期之内，在爱丁堡三次摔碎手机屏幕，苏格兰街道的石头地面，果然同苏格兰人的性格一样坚硬。苏格兰人常说，他们从来不向王权叩拜，只为上帝和美下跪。在这里，没有上帝，让苏格兰人顶礼膜拜的是美，是彭斯高大挺拔的身躯中，所体现的坚硬的、毫不犹豫和毫不躲闪的力量之美、精神之美、智慧之美。

纵观英国 18 世纪的诗坛，我们不难发现，有两个伟大的诗人挺

◆ 彭斯雕像

立于这个世纪的开端和末尾，他们一个是蒲伯，一个是彭斯。他们巨大的身影遮蔽了许多可以在这个时代堪称巨擘的诗人。

如果有人不知道彭斯，不妨听一首歌，《魂断蓝桥》中男女主角在战火中分离时，跳了一支"烛光舞"，插曲的歌词便是彭斯所填：

> 怎能忘记旧日朋友，
>
> 心中能不怀想，
>
> 旧日朋友岂能相忘，
>
> 友谊地久天长。
>
> 我们曾经终日游荡
>
> 在故乡的青山上，
>
> 我们也曾历尽苦辛，
>
> 到处奔波流浪。

这就是至今还被广为传唱的《友谊地久天长》（*Auld Lang Syne*）。彭斯的诗歌富有音乐性，谱成歌曲，易于歌唱。正是因为这个特点，彭斯的诗歌复活并丰富了苏格兰民歌。*Auld Lang Syne* 本是苏格兰语，按照苏格兰的传统，午夜钟声敲响、新年来临之际，大家同唱这首歌。战乱频仍的年代，这首歌曲也被翻译成中文，作为学校毕业礼主题曲，象征友谊地久天长。

罗伯特·彭斯（Robert Burns），1759 年出生于苏格兰西南部艾尔郡的一个佃农家庭。当时，英国正推行"圈地运动"，土地大多被封建贵族和新兴资产者强占，丧失土地的农民都沦为一无所有的佃农。彭斯的父亲就是其中之一，身份非常卑微。尽管土地贫瘠且地租高昂，他的父亲一生都在为维持全家人的生活而拼搏。他带着一家人四处漂泊，居无定所，但从未获得成功。他生有 7 个孩子，彭斯是老大，从 15 岁起便成为家中的主要劳动力。繁重的农活，使他从小就体会到生活的艰辛，了解到农民的疾苦。他无暇也无钱接受正规教育，好在父亲在农耕之余成为他的"家庭教师"。有一段时间，父亲曾想尽办法送他到正规学校读书，学习拉丁文、法文和数学。彭斯珍惜读书的机会，大量阅读，他既读过苏格兰早期的诗歌，也读过莎士比亚、亚历山大·蒲伯（Alexander Pope）、劳伦斯·斯特恩（Laurence Sterne）、托马斯·格雷（Thomas Gray）等英国诗人的作品，还读过《圣经》、古希腊经典和当代欧洲启蒙主义思想家的一些著作。

在这些文学作品的激励下，彭斯对诗歌产生了浓厚兴趣，他一手挥汗耕种，一手挥笔写诗，到 27 岁时，他的诗作在苏格兰已无人不晓。

彭斯的作品从农民生活和民间传说中汲取素材，凭真情实感描写大自然及乡村生活，以生动幽默的语言针砭社会现实，一扫笼罩当时英国诗坛的萎靡之风，带来一股朴实清新的生活气息，令人读后两眼为之一亮。在当时苏格兰上层都崇尚英语的时代，他却始终坚持用方言写作。他的第一本诗集虽只印行 612 册，却在苏格兰乃至整个英国文学界引起强烈反响。一个默默无闻的苏格兰年轻农夫就这样脱颖而出，踏上一直被文人学士独占的英国诗坛。

彭斯得到一笔不菲的稿酬，知名文学评论家托马斯·布莱克洛克来函，对他的诗作大加赞赏，邀请他到苏格兰首府爱丁堡，共商出版诗集的增补版。彭斯喜出望外，随即于这年的 11 月借了一匹马，快马加鞭赶过去。翌年 4 月，《主要用苏格兰方言写作的诗》的爱丁堡版出版发行。彭斯名利双收，得到多达四百英镑的稿酬，以及一百枚金币的版权费；不久，他成为世界上最为人们所喜爱的诗人之一，作品广为流传。

彭斯的诗歌创作逐渐进入一个丰收期。他熟悉民间文艺，收集、整理、改编 370 多首富有音乐性的民间歌谣，收入与人合编的苏格兰歌谣集之中。他更致力于自己的创作，时而使用纯熟的苏格兰方言，时而使用标准的英文，时而两种语言交互使用。他的诗作如歌，大多能演唱；他的歌谣似诗，能演唱也能吟诵。无论诗还是歌，都富有浓厚的乡村生活气息，饱含浓郁的苏格兰民族风情，既不同于文人书生玩弄辞藻的矫情之作，也不同于流传于社会底层的那些粗鄙不堪的戏谑性小调。他的诗和歌，朴实无华，音韵优美，脍炙人口，易于传唱。

他对苏格兰乡村生活的生动描写，使他的诗歌作品具有强烈的民族特色和艺术魅力。据统计，他留存的诗歌多达 550 多首。彭斯被后世研究者称为"诗才天赋的农夫""手扶犁杖的诗人"，人们赞誉他是"迄今唯一用诗歌忠实表达苏格兰民族喜怒哀乐之人"，是苏格兰民族，甚至是整个英国历史上的代表性人物。

彭斯的诗大多满怀着对苏格兰的热爱和对家乡的思念。他在诗中写道：

哪儿我飘荡，哪儿我遨游，

我永远爱着高原上的山丘。

他赞美苏格兰的锦绣河山，歌唱苏格兰的高原、峡谷和河流。在札记中，他说："我们还没有一位有声望的诗人歌唱过欧文河肥沃的两岸，艾尔河上美丽的丛林和幽隐的景色……以及杜河的蜿蜒的流水。我很乐意弥补这个缺憾。"

在《我的心呀在高原》中，彭斯写出了他眼中的苏格兰高原的美丽风光：

别了啊，高耸的积雪的山岳，

别了啊，山下的溪壑和翠谷，

别了啊，森林和枝丫纵横的丛林，

别了啊，急川和洪流的轰鸣。

他诗中提到的山岳、溪壑、翠谷、丛林、急川，位于苏格兰西北部雄伟壮美的高原。苏格兰位于欧洲西部、大不列颠岛北部，南接英格兰，东濒北海，西临大西洋。家乡蜿蜒的河流、精致的湖泊、崎岖的山峦以及巨石覆盖的原野都是彭斯的骄傲。他将苏格兰称誉为"英雄的家乡，可敬的故国"，表达了他热爱祖国的一片深情。

苏格兰人民有着强烈的英雄主义精神，这种民族精神集中体现

在苏格兰历史上的民族英雄身上。彭斯一直念念不忘为苏格兰民族独立而斗争的志士。他充满了爱国热情，写下了大量歌颂民族英雄的诗歌，如《姜大麦》这样赞扬道：

姜大麦是个无谓的英雄，
他有崇高的目标，
你要是尝一下他的鲜血，
勇气就百倍增高。

诗中的姜大麦体现了苏格兰人民的民族意识和反抗精神。

再如著名的《苏格兰人》充满缅怀之情地写道：

跟华莱士流过血的苏格兰人，

随布鲁斯作过战的苏格兰人，

起来！倒在血泊里也成——

要不就夺取胜利！

诗中所提到的华莱士（Wallace）和布鲁斯（Bruce）都是 1296 年至 1357 年长达半个世纪的"苏格兰独立战争"中的民族领袖。1286 年，亚历山大三世逝世，结束了苏格兰历史上的黄金时代。英王爱德华一世想利用这个机会完成两个王国的合并。1294 年，英法战争开始，苏格兰与法国结盟。为此，爱德华于 1296 年派兵包围并攻占了特文特河畔的贝里克，并深入苏格兰腹地，迫使苏格兰王巴里奥退位，结果引起了"苏格兰独立战争"。起初，苏格兰乡绅威廉·华莱士领导起义军于 1298 年在斯特林桥打败英军，此后，爱德华一世又于 1300 年、1301 年、1303 年、1305 年多次出兵镇压华莱士起义，并迫使许多贵族臣服。

华莱士是彭斯最敬仰的人物，对于他的死，彭斯在诗歌中写道：

他敢于尊严地顶住暴君的威势，

又尊严地死，再树光荣的榜样。

1306 年,苏格兰贵族罗伯特·布鲁斯的孙子小布鲁斯又揭竿而起,自称苏格兰国王,继续领导苏格兰独立战争。华莱士与布鲁斯是苏格兰人民不屈的民族意识的代表,是苏格兰民族的英勇灵魂的化身。他们在彭斯诗歌中永远放射出苏格兰民族英雄的光芒;同时,彭斯的诗歌也因之而具有独特的苏格兰历史文化魅力。

彭斯擅长爱情诗,他曾写下一首有名的诗《一朵红红的玫瑰》赞美男女之间的两情相悦:

呵,我的爱人像朵红红的玫瑰,

六月里迎风初开;

呵,我的爱人像支甜甜的曲子,

奏得合拍又和谐。

特别引人注目的是,彭斯的一生虽然囿于苏格兰乡野,但一直关注着世界风云的变幻。这对一个农夫来说极为难能可贵。他最喜欢阅读的书籍之中,有美国政论家托马斯·潘恩的《常识》《人的权利》。他关心美国摆脱英国殖民统治的独立战争,也关心随后发生的法国大革命。他创作的《自由树》《不管那一套》等诗歌,明确表示反对封建专制,坚决主张建立共和。他甚至趁任职于税务部门之便,买下被扣留的走私船上的四门小炮运往法国。遗憾的是,火炮在运送途中被英国当局拦截,未能送达。

彭斯于 1796 年 7 月 21 日病逝,年仅 37 岁。相传这位"苏格兰人最引以为傲的儿子"在离世前，骄傲地说："仅此一人，也许就更值得珍视和骄傲。"彭斯逝世至今已222年，时间证明，他的预言，已成事实。

彭斯逝世4天后，他所在的邓弗里斯镇为他举行了隆重的葬礼。全镇上千人几乎全部出动，站在街道两旁为他送行致哀。遗体安葬在镇上迈克尔教堂墓地的一角。他的妻子为他在墓旁竖立了一块简陋的石牌作墓碑。18年后，他的朋友集体捐款，在墓地东南方一个引人注目的地方为他修建了一座白色大理石陵墓。陵墓的中央重新安葬了他的遗骸，后面竖立起他手扶犁杖的高大石雕像。雕像后面的墙壁上镌刻着诗神缪斯。根据他的诗作《幻景》的描述，缪斯撩起她那激发诗人灵感的罩衣向他抛去，他则殷勤地仰头瞩望，预示着他的诗情永不衰竭。

彭斯是具有悠久诗歌传统的苏格兰历史中划时代的诗人。他的出现，开启了整个英国一代纯朴清新的诗风，他因而成为英国诗坛新古典主义式微之后向浪漫主义过渡的第一位重要诗人。英国浪漫主义诗歌的几位重要代表人物，从华兹华斯、柯勒律治到雪莱、济慈，都在不同程度上受到他的影响。华兹华斯、济慈等都曾专门到苏格兰拜谒他的故居和墓地，向他表示敬意。济慈事后写了两首十四行诗，称誉彭斯是"伟大的灵魂"，表示"我常常敬重你"。

彭斯在整个英国都备受尊崇。在阿洛韦，他出生的那座茅舍现已被命名为"彭斯之家"。他在邓弗里斯的故居，则成为彭斯纪念馆，展出有关他的生平和创作的大量展品。爱丁堡的作家博

◆ 美丽又独具风情的苏格兰街头女士

物馆，是苏格兰最杰出的作家彭斯、沃尔特·司各特和罗伯特·斯蒂文森的纪念馆，在这三人中，彭斯被称为"苏格兰文学的先驱者"。1月25日的彭斯诞生日，现已成为苏格兰的民族节日。彭斯的作品仍在重印，他的雕像和纪念碑竖立在英国各地。

彭斯不只属于苏格兰和英国，而是属于全世界。世界各地建立有上百个纪念和研究他的"彭斯俱乐部"。据不完全统计，仅美国就有他的雕像三十多座。有些大学还专门设立有彭斯教席。

我找到了几组颇为有趣的资料，不妨一读：

——在非宗教人士中，罗伯特·彭斯的纪念雕像数量排第三位，仅次于维多利亚女王和克里斯托弗·哥伦布。

——美国作家杰罗姆·大卫·塞林格1951年的著作《麦田里的守望者》是基于罗伯特·彭斯的"如果你在麦田里遇到了我"命名的。

——苏联是世界上第一个以发行纪念邮票来纪念罗伯特·彭斯的国家。邮票于1956年发行，纪念罗伯特·彭斯逝世160周年。

——彭斯写的一首歌，《心寄高地》（*My Hearts in the Highlands*），在二战期间被改编成中国抗日军队的进行曲。

——荣获诺贝尔文学奖的美国歌手鲍勃·迪伦被问到作曲灵感来源的时候，他说是来自于罗伯特·彭斯的《一朵红红的玫瑰》

（*A Red, Red Rose*）。

彭斯有一句非常著名的诗句：自由与威士忌总是相伴而行
（Freedom an' whisky gang thegither）。果如他所言，彭斯、自由、
威士忌，都是苏格兰不可磨灭的象征。

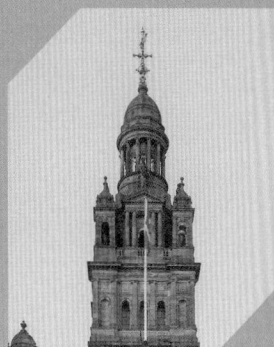

既不鲁莽，也不胆怯
——爱丁堡大学的过去、
现在和未来

2012 年，位于苏格兰东部边境海滨的爱丁堡成功击败伦敦、巴黎、罗马等城市，被世界旅游业联合会授予"欧洲最佳旅游目的地"，成为欧洲最富吸引力的城市之一。其中，散落在爱丁堡整个城市中的爱丁堡大学功不可没。

走在爱丁堡，询问爱丁堡大学在哪里，游人会跟你一样一脸茫然，而土生土长的苏格兰人，肯定会一脸讪笑。这似乎是个伪命题，就像你在爱丁堡询问爱丁堡在哪里，在苏格兰询问苏格兰在哪里。因为爱丁堡大学就是爱丁堡，爱丁堡就是爱丁堡大学。而在爱丁堡，爱丁堡大学的各个学院，几乎无处不在。爱丁堡，就坐落在爱丁堡大学美丽的校园中；爱丁堡大学，则散落在爱丁堡这个城市从中心到郊区的角角落落。

美国历史上第一位享有国际声誉的科学家、政治家本杰明·富兰克林盛赞爱丁堡大学："爱丁堡大学拥有许多真正的伟人和从事各种知识研究的教授，这在以往的任何时代、任何国家都从未有过。"
的确如此，爱丁堡大学共有 28 名诺贝尔奖得主、2 名图灵奖得主和
1 名阿贝尔奖得主。此外，曾以其学术和思想推动社会进步的思想家、
科学家、文学家如达尔文、大卫·休谟、柯南·道尔、亚当·斯密、
麦克斯韦、亚当·弗格森、詹姆斯·莫里斯以及英国前首相丘吉尔
等诸多名家，都曾经在爱丁堡大学学习或从事研究。

　　缘于悠久的历史、庞大的规模、卓越的教学，爱丁堡大学这些
年的学术地位与日俱增。在 2014 年英国官方发布的英国大学 REF
排名中，爱丁堡大学排名高居第四，成为仅次于牛津大学、伦敦大学、
剑桥大学的超级精英大学。

　　爱丁堡大学是英国最古老的大学之一，它的历史可以追溯到四
个多世纪前。爱丁堡大学的建立首先要归功于奥克尼群岛首府柯克沃
尔的圣马格努斯大教堂的主教罗伯特·里德，他生前立下遗嘱，将所有
财产留下来作为大学的创建基金。1558 年，罗伯特·里德去世。当时
爱丁堡还是一个镇（Town），而不是一个市（City），尽管如此，爱
丁堡镇议会在推动罗伯特·里德基金用于大学建设中做出了重要的努力。

　　与早年许多在教廷特许下成立的大学不同，爱丁堡大学在苏格
兰国王詹姆斯六世（James VI）的特许和爱丁堡市议会的资助下展开
筹建工作，这是 1582 年。翌年，大学正式成立，开始只有一名年轻
的圣安德鲁斯毕业生罗伯特·罗路克管理授课。爱丁堡大学成立之初，
还不是大学而是学院——唐尼斯学院（Tounis College），不久改名
为詹姆斯国王学院（King James's College），后更名为爱丁堡市立大
学（Civic University of Edinburgh）。

值得一提的是，皇家特许（Royal Charter）与教廷特许（Papal Charter）大有不同，爱丁堡大学是欧洲宗教改革运动后在苏格兰诞生的第一所大学，意味着16世纪的宗教改革运动的成功，这使得爱丁堡大学的成立具有了划时代的意义。在宗教改革之前，教会不仅控制了普通民众的思想，还高高凌驾于世俗王权之上。宗教改革打破了罗马天主教会一家独大的局面，衍生出许多不同的新教教派，并和不同民族的国家相结合，使各个王国迅速发展壮大，极大地推动了苏格兰民族国家和君主专制，给整个欧洲带来了自由、宽容的新气象。

爱丁堡大学是当时苏格兰的第四所大学。而同时期的英格兰，还仅有两所大学：牛津大学、剑桥大学，苏格兰在推动教育世俗化改革中的重要地位由此可见一斑。爱丁堡大学的诞生也意味着，对不同信仰的包容已经进步到对不同文化理想的包容，甚至是不同政治见解的包容。这场宗教改革运动促进了欧洲政治、经济等方面的进步，为后来的资产阶级革命奠定了社会基础。正是在这样的氛围中，爱丁堡大学成为18世纪欧洲启蒙运动的思想重镇、学术中心。

爱丁堡大学在欧洲启蒙时代具有相当重要的领导地位，使爱丁堡市成了当时的启蒙中心之一，享有"北方雅典"之美誉。

爱丁堡自15世纪以来就是苏格兰的首都，首府的发展历史与爱丁堡大学的历史几乎是相伴相生。以横贯东西的王子大街为分界线，爱丁堡被分割为旧城与新城，二者有着迥然不同的建筑风貌。旧城区在王子大街以南，中世纪堡垒密布。新城在王子大街以北，是18世纪以来的新古典主义风格。旧城和新城有着极大的反差，却和谐并存，使爱丁堡具有独特的气质，从而成为世界城市规划的杰作。

在四个多世纪的发展过程中，爱丁堡大学的建筑分布在整个爱丁堡，包含了各种时期的建筑风格。爱丁堡大学的各个学院大多在旧城，如蛛网一般密布，像珍珠一样装点着旧城。

来爱丁堡大学的新生，绝对不能错过的，是两个建筑群：旧学院（Old College）和新学院（New College）。在爱丁堡大学建立之前，苏格兰的学生若想获得在医学、法律、神学方面的专业训练，大多前往欧洲大陆，特别是荷兰的莱顿大学、乌特勒克大学学习，这些学习形成了他们以新教精神、自由作风为本的大陆式教育风格。与牛津大学、剑桥大学、杜伦大学这样的学院制管理的大学不同，爱丁堡大学仍旧保持着老式的苏格兰传统，以大学为行政管理中心，而这两个建筑群，正是行政管理部门的所在。

爱丁堡大学旧学院兴建于1789年，由建筑师罗伯特·亚当设计，目前是法学院和欧洲研究所所在地。在此之前，学校并没有专属的校园，如今这座建筑物仍然屹立于爱丁堡老城的南桥街（South Bridge）和钱伯街（Chamber Street）的交接处，爱丁堡大学法学院就位于这座建筑之内。新生们的见面会通常在旧学院举办，宽敞的庭院里甚至还常见来排练的学生话剧剧团、街舞社团。周末露天电影也常在这里放映，暗灰色的克雷格莱斯砂岩层叠覆盖着高耸云天的建筑，前面突然出现的银幕并不显得突兀，就像爱丁堡的每一个细节，传统和时尚永远和谐共生。

到19世纪末期，旧学院已经无法容纳众多的学生。1875年，罗伯特·亚当再度受聘设计了医学院大楼（现为旧医学院）。在19世纪80年代，麦克尤恩礼堂（McEwan Hall）建立，这个典雅豪华的

◆ 爱丁堡街头独具风情的雕塑

大礼堂，是维多利亚农业丰收的象征建筑，内设有 2200 个座位，爱丁堡大学重要的典礼都会在这里举办，其中包括学生的毕业典礼。

爱丁堡大学新学院位于旧学院北侧的蒙德山顶，高高的尖塔巍峨耸立，俯瞰王子大街，也成为爱丁堡市区的重要标志性建筑。新学院于 19 世纪 40 年代在一所公共教堂的基础上扩建而立，从 20 世纪 20 年代开始成为神学院的主楼。新学院巍然耸立，不管在王子大街的哪一个地方，都可以看得到新学院冲天的尖塔。两个学院已经融入爱丁堡的风景，成为不可或缺的组成部分。

除却旧学院、新学院之外，爱丁堡大学还有三个主要的校区：乔治广场（George Square）、国王大厦（King's Buildings）和波洛克大厅（Pollock Halls）。乔治广场校区有爱丁堡大学的主图书馆（Main Library）；国王大厦校区位于乔治广场以南约 3 公里处，大多数科学和工程学院位于该区，如电子工程学院、生态学院、工程信息学院以及一些政府科研机构，这些建筑多数建于 20 世纪 20 年代，50 至 60 年代扩建，并增设了气象学系、物理天文系；波洛克大厅校区由 10 个独立的现代建筑组成，可供近 18000 名学生居住。

17 世纪时，爱丁堡大学的学生多是 15 岁入学，用四五年的时间学习拉丁文、希腊文、伦理学、自然哲学、神学。学科细化以后，学生入学的年龄提高，满街都是身着蓝色校服、朝气蓬勃的年轻人，他们手捧热咖啡，穿梭于人流涌动的商业街，成为热闹的景色里一道清新冷静的点缀。在爱丁堡，到处可见爱丁堡大学校徽的标记，它们印在建筑上、衣服上、墙上、杯子上、书包上，甚至是杯垫和餐巾纸上。

不能忽视的，还有爱丁堡大学的校友，他们是构筑爱丁堡文化理想和学术传统的重要组成部分。在人文社科类方面，爱丁堡大学有着众多颇有世界声誉的校友，比如哲学家、经济学家、历史学家大卫·休谟（David Hume），他也是苏格兰启蒙运动以及西方哲学史中最重要的人物之一；经济学之父亚当·斯密（Adam Smith）；哲学家、历史学家亚当·弗格森（Adam Ferguson），他是苏格兰启蒙运动的主要思想家；《福尔摩斯探案集》作者阿瑟·柯南·道尔（Arthur Conan Doyle），他的小说至今仍不断被翻拍成电影、电视剧；小说家罗伯特·路易斯·史蒂文森（Robert Louis Stevenson），他是英国文学新浪漫主义的代表之一，被称为19世纪最伟大的作家之一，代表作有《金银岛》等，也是爱丁堡大学校报创始人；英国著名诗人、小说家沃尔特·司各特（Walter Scott）；历史学家、经济学家、政治理论家、哲学家詹姆斯·穆勒（James Mill），他与大卫·李嘉图一同创建了古典经济学；爱新觉罗·溥仪的教师庄士敦（Reginald Fleming Johnston），他把对中国的观察和思考写进了他的著作《儒学与近代中国》《佛教中国》《紫禁城的黄昏》中。

　　爱丁堡庞大的校友团队中，还有一队值得骄傲的"中国面孔"：号称"清末怪杰"的辜鸿铭，他精通英、法、德、拉丁、希腊、马来语等9种语言，曾获得多个博士学位。现当代著名美学家、文艺理论家、教育家、翻译家朱光潜，他的代表作《悲剧心理学》一直是文艺学专业学生的必读书。法学家、外交史家周鲠生，是中国第一部宪法起草的四位顾问之一，被誉为"中国国际法之父"。笔名"陈西滢"的文学评论家、翻译家陈源，他曾在爱丁堡大学攻读政

◆ 乔治广场

治经济学，回国后与徐志摩共创《现代评论》杂志。九叶派诗人辛笛曾在英国爱丁堡大学学习英国语文系，他回国后与陈敬容、曹辛之、郑敏、袁可嘉、穆旦、唐湜等人共同创办了《中国新诗》月刊，形成了一个诗歌流派"中国新诗派"，后因其中的九位诗人出版《九叶集》，故被称为"九叶派"，这些诗人成长于战火罹难，对民族忧患、个人命运都有着深刻的思考，这些思考与诗韵交织，让他们的诗作呈现着缤纷多元的通达和震撼。

每所大学都有自己的校训，检索和感味这些校训是一件饶有趣味的事情。英国大学校训内容更是五花八门，个性十足，充满自信。我们不妨看看它们都是什么——牛津大学的校训是"主为我的明灯"（The Lord is my Light），剑桥大学的校训是"这里是神圣之所，智慧之源"（From here, light and sacred draughts），伦敦大学学院的校训是"让所有因优秀而得到奖赏的人都来吧"（Let all come who by merit most deserve reward），华威大学的校训是"思想至高无上"（Mind over matter），圣安德鲁斯大学的校训是"曾经是最好的"（Ever to be the Best），莱斯特大学的校训是"他们因此有了生命"（So that they may have life），格拉斯哥大学的校训是"方法、真理、生命"（The Way, the Truth, and the Life）……

　　你能猜到爱丁堡大学的校训吗？

　　好吧，憨厚老实的苏格兰首府人民写的是"既不鲁莽，也不胆怯（Neither rashly nor timidly）"。这是苏格兰式的质朴与幽默：只有下限，没有上限。

曾记得夏日邂逅
——苏格兰和她的美术馆与艺术馆

l

爱丁堡一年四季都荡漾着海风，用"碧空如洗"四个字形容爱丁堡的天空是准确的，空中飘浮的白云被海风吹得不见了踪影，湛蓝的天空蓝得如同一块没有皱纹的天鹅绒。

爱丁堡只有两种天气——晴天和雨天。

在阳光朗照的日子里，爱丁堡是温和的、清澈的、透明的，街头飘荡着的咖啡、奶油和威士忌的香气，让空气都变得甜蜜。在落雨如注的日子里，爱丁堡是严肃的、冷酷的、神秘的，缠绵的雨丝将空气也缠绕得凝固起来，一切都静止了。

晴天、雨天；雨天、晴天，这是爱丁堡的两种面孔。在爱丁堡，天气就像是老式磁带，晴天、雨天的交接就像是自动控制连续播放的 AB 面，A 面播放完毕，马上切入 B 面，两种天气轮番上演，中间任何第三者都无以立足。不下雨的日子，便是碧空如洗的晴天，而明明刚刚还是万里无云，可能转瞬间便是水流如注，明明下着瓢

泼大雨，雨水一停，天空像换了一张脸，立即转入晴天。

爱丁堡一年四季都是美的，没有长时间的严冬和酷暑，可是无论你什么时候与她相遇，最大的可能是你既会遇到阳光，也会遇到雨水。但是，因为爱丁堡地处温带的北段，靠近北极，冬季日照时间只有短短的五六个小时，夏日里难得的璀璨阳光就显得极为珍贵。

简单的天气，赋予了爱丁堡人简单的性格，丰富的历史，又让爱丁堡人有着特别丰富的情感。简单的丰富，丰富的简单，这就是爱丁堡的世界观，也是爱丁堡人的文化观。苏格兰可以说是一个最能够表明气候和地理在多大程度上塑造一个民族命运的最佳例子。苏格兰历史悠久，苏格兰人善于保护自己的历史，这体现在爱丁堡人日常的生活细节中，城堡、风笛、格子裙、高地……这些历史符号总会以不同的方式出现在林林总总的文化信息里。

爱丁堡文化符号出现得最密集的地方，毫无疑问是美术馆。无论是晴天还是雨天，这里永远是行人最多的地方。爱丁堡充斥着大大小小的美术馆、艺术馆，而无论在哪一个美术馆和艺术馆，都会看到流连忘返的游客。有着收藏癖的爱丁堡人将他们的收藏爱好延伸至生活的每个角落、每一个人，这其中，艺术品是他们最佳的收藏品。

说到艺术品收藏，在爱丁堡不可错过的是苏格兰国家美术馆。我的爱丁堡艺术之旅，便开始于一个阳光璀璨的夏日。

爱丁堡有 5 个重要的美术馆与艺术馆，要在一天之内将这 5 个展馆全部转完，并不是一件容易的事。这 5 个展馆是：苏格兰国家艺术馆、苏格兰皇家学术大楼、苏格兰国家美术馆、苏格兰国立现代艺术馆、迪恩艺术馆，它们分散在爱丁堡的大半个城市内。迪恩艺术馆同时也是苏格兰国家美术馆行政办公场所和馆长的办公室所在。在苏格兰南部和北部，还有两个苏格兰国家美术馆的合作展馆，每一家都有着世界顶尖级的艺术收藏。

位于爱丁堡市中心的苏格兰国家美术馆，是苏格兰五个艺术展馆中最古老的一个。一条热闹的王子大街分割了古老的旧城和始建于 18 世纪的新城，苏格兰国家美术馆就坐落在东西王子大街交叉点——一座碧草如茵的高地（The Mound）上。简约的爱奥尼亚柱撑起古希腊三角风格的屋顶，整个建筑显得干净利落。美术馆旁边是美丽的下沉式花园——王子花园，不时有年轻人在这里成群结队地读书、聊天、野餐，不时有乐队在弹唱，当然，苏格兰风笛是其中不可或缺的乐器，穿着苏格兰裙的风笛手让人顿生今夕何夕之感。

1850 年，苏格兰政府依据相关法令，将 1819 年成立的苏格兰艺术奖励协会所收购的苏格兰现代画家作品、38 幅意大利古典绘画、1826 年成立的苏格兰皇家艺术学院收集的英国绘画、爱丁堡大学于 1835 年收到的一批遗赠绘画会集一处，合组成立新的美术馆，这便是苏格兰国家美术馆的雏形。

苏格兰国家美术馆从一开始就带着不俗的印记，它由建筑大师威廉·亨利·普雷菲尔设计，整体风格为新古典主义流派。在它的旁边，同样是由普雷菲尔设计的苏格兰皇家研究院。两座建筑毗邻，携手耸立在高地上，呈现着非凡的雄伟。1850 年，英国阿尔伯特亲王为美术馆奠基，1859 年美术馆建成后正式向公众开放。此时的苏格兰国家美术馆和苏格兰皇家学院共处于一栋建筑物里面，直到

1912 年，苏格兰皇家学院在乔迁他处以后，美术馆才有了自己独立的展示空间。

时隔约 160 年，今天的我们，早已无法想象苏格兰国家美术馆在初建成时的雄伟壮观、人声鼎沸，只能在富饶的馆藏宝藏中寻其端倪。

苏格兰国家美术馆不仅体现着苏格兰的文化传统，更拥有苏格兰最丰富、最珍贵的欧洲绘画和雕塑作品，涵盖了从文艺复兴时期到后印象派的所有流派，藏品包括意大利、法国、荷兰、英国等国在内的欧洲古典主义绘画，14 世纪到 19 世纪的素描、版画也为数不少，特别是 19 世纪的绘画和雕塑，令人叹为观止。

此外，该美术馆藏有世界上最丰富的苏格兰绘画作品，像苏格兰知名画家如兰姆西、雷伯恩、威尔基、麦克塔加特等人的作品都有比较全面的收藏，其中最受欢迎的作品有雷伯恩的《罗伯特·沃克·霍内斯在达汀斯顿湖上滑冰》和兰姆西为他的第二任妻子玛格丽特·林赛所作的画像。

苏格兰国家美术馆最珍贵的藏品是从苏格兰皇家研究院的前身——皇家学会转移过来的一组传世名画，其中包括意大利画家雅格布·巴萨诺和提埃波罗、比利时画家安东尼·凡·戴克的作品。

1903 年，美术馆获得了一笔价值不菲的采购资金，引进了一系列优秀藏品，其中包括印象派创始人、法国画家莫奈的《日出·印象》，巴洛克时期西班牙画家委拉斯凯兹的《煎蛋的妇人》，文艺复兴时期居于西班牙的希腊画家埃尔·格列柯的《传说》，意大利雕塑家贝尔尼尼的雕塑《安东尼·达尔·波佐》，文艺复兴早期佛罗伦萨画派画家波提切利的《崇敬熟睡的幼年耶稣的少女》和安东尼奥·加诺瓦的《三夫人》。

多年来，租借和馈赠的艺术品也使苏格兰国家美术馆受益良多，如从英国伊丽莎白女王那里借来的雨果·凡·德·古斯的《三一祭坛饰物》；1945 年从桑德兰公爵那里长期租借来的一组名画，其中包括拉斐尔、提香和伦勃朗的作品，还包括普桑的名作《七圣事》。美术馆的印象派和后印象派的收藏也因亚历山大·梅特兰德爵士的慷慨馈赠而得到极大的丰富，其中包括两幅高更的名画，莫奈的《干草堆》和塞尚的《圣维克托尔山》。

高更的《雅各与天使搏斗》画面被一棵横向拦截的树干切成了两个部分，画面的右上角是一个带翅膀的天使模样的人，他在同一

◆ 莫奈作品
《干草堆》

个名为雅各的人拼命搏斗，在左下角，画面的近景，有一排跪着的布列塔尼农妇，其比例按照透视关系逐渐缩小，而画面当中最近的三个农妇，她们特大的白色帽子则与其深色的衣裙形成强烈的对比。整幅画看起来仿佛是一个基督教题材作品，但实际上，却是画家以象征主义的观点描绘布列塔尼半岛上的农妇在教区牧师解读教义时眼前所产生的幻觉。

委拉斯凯兹的画作《煎蛋的妇人》是苏格兰国家美术馆收藏品中的又一件精品。作者喜好画一些风俗题材的绘画，在当时由于风

◆《煎蛋的妇人》

俗画能够深刻反映一些中小资产阶级的日常生活情趣，因此深受人们的欢迎。《煎蛋的妇人》是作者所画众多此类题材作品中最好的一幅。画面上光线的处理表现了不同器物的质感，而画面中的各种食器都展示了一个平民百姓的生活气息。一切都是那样简单与朴素，与当时流行的富丽宫廷画面形成对比。

苏格兰国家美术馆展出的两幅提香作品让我非常兴奋。一幅是《戴安娜与阿克泰翁》，作品的题材来自奥维德的《变形记》。在《变形记》中作者曾描写了猎人阿克泰翁和月神戴安娜间的窥浴事件，而提香的这幅画便描绘了想象中这一情节。

提香的另一幅《人生三部曲》，是他在盛年创作的优秀作品。画中两个婴儿正在酣睡，天使的羽翼熠熠生辉。青年男子的眼眸中细腻地倒映着爱人的身影。老年男子抚摸两个骷髅头，忧伤无助。这是人类的景象，白驹过隙，生命辽阔而又逼仄，让人想起保罗·高更相同的发问。

苏格兰国家美术馆常常组织不定期的主题展，这个夏天，我很难得地遇到了规模不小的"印象派画展"，特别是杜比尼、莫奈、梵高三人"合展"。按常理，艺术史上这三位画家的名字要被很多人物和故事打断。长久以来，杜比尼一直被现代派艺术忽略或者轻视，而仅仅被认为是具有先锋精神的风景画家。事实上，莫奈和梵高受杜比尼的影响颇深，他们尽其一生，都在用不同的方式向杜比尼致敬。为了呈现杜比尼作品中表现最多的光影斑斓的月光、日出、暮光、日落，梵高订制了一艘与杜比尼相同款式的船，与杜比尼一同停在江心作为画室。在杜比尼去世后数年，梵高甚至仍迷恋地留在杜比

尼家中，绘制他的房子、花园、果林。论及三者的关系，如果说杜比尼拉开了新艺术的华幕，莫奈将观众带到了凌乱的幕后，让人们看到艺术的日常与非常，梵高则让观众走上舞台，与演员一同完成这部作品。这个展览用三位重要人物，清晰地展示了现代派演进的内在脉络。从作品的陈列到说明的起草，都不难见到陈展者的匠心，正是因为这样的想象和努力，让三位巨匠以这样的方式"团聚"。

穿过王子大街、皇后大街一路北上，穿过梦幻般的夏洛特广场，一路向西，穿过一片又一片绿意盎然的树林，苏格兰国立现代艺术馆宽阔的庭院隐藏在不起眼的民宅之中。苏格兰国立现代艺术馆建筑群由迪恩艺术馆和现代美术馆组成，是苏格兰杰出的现代与当代艺术品国家藏馆。

1960 年，苏格兰国家美术馆收藏的以 20 世纪苏格兰绘画为主的部分收藏迁移到了作为苏格兰国家美术馆延伸的苏格兰国立现代艺术馆，此后后者拓展了收藏内容，包括达达主义和超现实主义的作品，这让苏格兰国立现代艺术馆成为既依托于苏格兰国家美术馆又具有一定独立性的美术馆。

两馆均坐落在宽阔的园林之中，庭院中可以看到伊恩·汉密尔顿·芬莱、亨利·摩尔、瑞秋·怀特里德、芭芭拉·赫普沃思等重要艺术家的雕塑作品。现代艺术馆正面的草地在 2002 年按照查尔斯·詹克斯的设计重新美化过。这个壮丽的作品包括一个蜿蜒起伏的小丘，和三个新月形的水潭。

现代艺术馆展出 1900 年前后至今的专题展品和作品，而迪恩艺术馆则展出该馆享誉全球的达达主义藏品和超现实主义藏品，以及

◆ 梵高自画像

爱德瓦多·巴洛奇的作品。现代艺术馆二楼通常用于举办专题展览和规模较小的临时展示。艺术馆自己收藏的作品，加上专门借来的展品，陈列在三楼，这里是常设展。

艺术馆的早期收藏以 20 世纪初的法国和俄罗斯艺术、立体派油画、一流的印象派及现代英国艺术为特色。最著名的藏品包括马蒂斯和毕加索的油画。艺术馆还收藏有国际上杰出的战后作品，以及最重要数量最广泛的现代苏格兰艺术品。战后藏品主要有弗朗西斯·培根、大卫·霍克尼、安迪·沃霍尔、卢西恩·弗洛伊德的艺术作品，以及更接近当代的艺术家的作品，包括安东尼·葛姆雷、吉尔伯特、乔治、达米安·赫斯特、翠西·艾敏和格拉斯·戈登。迪恩艺术馆拥有世界级的达达主义和超现实主义艺术收藏，分别陈列在罗兰特·潘罗斯展馆和加布里埃尔·库勒藏馆。这些杰出的藏品大部分是迪恩艺术馆在 20 世纪 90 年代购入的，主要有达利、米罗、厄恩斯特、马格里特和毕加索的重要作品。

让我开心的是，在这里竟然邂逅了我最喜欢的德国艺术家约瑟夫·博伊斯的作品展，这真让人兴奋。约瑟夫·博伊斯用自己的作品证明，艺术就在一地鸡毛的日常生活中，而且与政治息息相关。作为一名用艺术作品表达政治预言的思想家，他堪称欧洲后现代主义的风云人物。博伊斯善于用简单的材料表达具有穿透力的脆弱气氛，从而营造一种悲怆的历史回忆。他的作品充满隐喻，这让他更像一名巫师。博伊斯最著名的作品是行为艺术《如何向死兔子解说图画》，他怀抱死兔子，头顶涂着蜂蜜，右脚绑着铁板，象征理性世界；他左脚踩着毛毡鞋底，那是他期望的无尽温暖。贪婪、暴力、邪恶，不会战胜人类心底残存的这一点小小的温暖，永远都不会。

　　然而，约瑟夫·博伊斯的作品因为其生活性，留给世界一个非常大的难题，就是如何保管。雕塑和绘画作品还好说，这些装置艺术品真令人头疼，古根海姆美术馆、泰特美术馆、苏格兰国立现代艺术馆都为此费心费神，据说《堆满脂肪的椅子》和《一件西装》早已经不是原件了。

"假如我们的语言是威士忌"
——苏格兰和她的烈酒

日本作家村上春树在 21 世纪初曾出版一本游记小书，书的名字饶有趣味——《假如我们的语言是威士忌》，如此的潇洒脱俗，如此的诗意浪漫。

想象未来的某一天，人类的语言变成了多余的附属品，威士忌却成为人类交流的真正工具，我们有理由期待，我们的交流是不是会变得更从容，也更惬意？政治会晤因威士忌的加盟不再冷若冰霜，商业谈判因威士忌的到场不再枯燥无味，文化交流因威士忌的助力更加灵感四射，战场上你死我活的双方在威士忌的作用下握手言和，纵使情人间的交流，也因为威士忌的添柴加火变得更加缠绵悱恻。当然，你也可以被威士忌挑逗得斗志昂扬、所向披靡，然而，再来两杯威士忌，你一定会放下芥蒂，化干戈为玉帛。

威士忌在日本影响深远，不少日本人像村上春树一样喜爱威士忌。即使在动画片《名侦探柯南》里，也有"威士忌"的身影。在这里，威士忌不是烈酒，而是一个公安组织中的代号，尽管出场不久便因身份暴露自杀殉职，但是这个特殊的代号给人留下了深刻的印象。

村上春树在这本并不厚的书里，写的是他与妻子关于爱尔兰和苏格兰的威士忌之旅。"主人会意地微微一笑，端来足足装有120毫升的爱尔兰威士忌的大号玻璃杯（恐怕还有装180毫升的），旁边放一小壶水。当然是自来水，不会上矿泉水那类煞风景的货色，因为自来水活生生的，好喝得多。"威士忌兑水，这本是世界各地最普遍的威士忌饮用方法。因为，原本酒精浓度在40多度的威士忌兑水之后酒精浓度被稀释到20度时，谷物和木桶的香气才会被舌头充分品尝出来，太过浓烈的威士忌反而会被酒精掩盖了来自大自然的芬芳。然而，苛刻的威士忌热爱者不吝将他们对于威士忌的严谨扩大到与威士忌有关的一切。

村上春树还在他的这篇《带上威士忌去旅行：我的爱尔兰微醺之旅》中不无骄傲地提醒读者，在爱尔兰，威士忌兑水才是最"文明"的喝法，"加冰"可能被鄙视。他写道："当地人固执地认为，喝好的威士忌加冰，就好比把刚烤好的馅饼放进电冰箱，所以在爱尔兰和苏格兰去酒馆最好别要冰，这样被当作'文明人之一员'对待的可能性就大大提高了。"

像村上春树这样疯狂迷恋威士忌的人不是少数，而且他们各有各的理由，英国首相丘吉尔每天都要在饭前喝一杯威士忌，甚至谈论军情国事的时候手里也要端着威士忌的酒杯，以至于他的对手将他称为"那个永远醉醺醺的酒鬼"。美国文学家马克·吐温曾说过一句名言："贪婪不是件好事，但威士忌是个例外。"他的伟大作品无不与威士忌息息相关，同时他还相信威士忌是治疗牙痛的神药，

并且宣传自己从未牙痛是因为每天睡前饮用威士忌。

不管怎样，也许，正是村上春树那种——在茶几上放一瓶威士忌、一个玻璃杯，拔掉电话线，闭上追逐文字的疲倦双眼，合上书放在膝头，扬起脸，侧耳倾听涛声、雨声、风声——描述吸引了我，让并不善饮的我开始关注这种如黄金般珍贵的金黄色液体。

不善饮酒的人，对威士忌的接受是需要相当长的时间和心理准备的。我曾经在威士忌品酒师的笔记里读到这样的话："阿德贝格伽利略威士忌让我想起了山火、烟熏腌鱼、煤烟熏黑的黄油和轮胎的气味。""这款威士忌带有夏天暴雨过后柏油马路散发出来的气味以及焦油的味道，还有淡淡的渔网味。""我喜欢这种威士忌，因为烟熏味和水果味浓郁，泥煤味浓烈，还有淡淡的烤香草、肉桂和榛果的香气。"我常常被爱丁堡琳琅满目的威士忌橱窗吸引，被好客的苏格兰售酒师请进错综复杂的藏酒室，之后便被更加琳琅和复杂的味道绑架。沉迷在威士忌的味道里，如同茫茫黑夜中在森林中迷路，你能告诉我，你究竟喜爱哪种味道的威士忌吗？野林榛果味、咸咸海洋味，还是汽车轮胎味、柏油马路味？抑或浓郁水果味、香草肉桂味？如果都不喜欢，那么不妨尝尝烟熏腌鱼味、煤烟黄油味？在这里，选择是艰难的。

在所有的烈酒中，威士忌是分类最多、产地最广的一种。除了英国、爱尔兰、美国、加拿大和日本，印度、捷克、法国、澳洲及其他很多地方都有出产。在英国，威士忌不仅分布在英格兰、苏格兰、威尔士，甚至在寒冷的北爱尔兰，威士忌也风靡不衰。

威士忌（Whisky）一词源于盖尔语（Gaelic）里的 Uisge Beatha，原意是指"生命之水"。古时候，人们认为，酒精是从谷物里面提炼出来的精髓，就如同灵魂是生命的精髓一样，所以将威士忌称为生命的神水。

关于威士忌，如今酿造威士忌酒最出名的爱尔兰和苏格兰两大地区一直在争夺起源地的名号。一个最流行的说法是在公元 11 世纪的时候，爱尔兰的修道士到达了苏格兰传达福音，由此启发了苏格兰的蒸馏技术，创造了人类酿酒史上的奇迹。历史学家们在爱尔兰 1405 年的年鉴上，找到了一条"一个酋长因为过度饮用生命之水而导致死亡"的记录。1608 年，英国布什米尔（Bushmills）蒸馏厂在爱尔兰北部建立。它被认为是英国第一家合法的蒸馏厂，也是世界上最古老的威士忌酒厂。这还只是可以确切考证出的时间，因为在酒厂成立以前，居住在爱尔兰的手工业者们已经在喝一种古老的蒸馏酒了，这种酒应该就是威士忌的前身。苏格兰人并不这样认为，他们认为，苏格兰威士忌在全球烈酒行列中的盛名，是与苏格兰的历史息息相关的。

苏格兰是威士忌爱好者无可争议的迦南圣地，因为这是上帝赐给苏格兰人民的礼物。自古好水出好酒，苏格兰有三万多大大小小的湖泊，平衡的生态系统保持了水质清冽，洁净无瑕。而海岛常年的低温，也进一步保证了水质的稳定，为酒厂提供了宝贵的酿酒资源。

威士忌如果按原料划分，主要有两大类：麦芽威士忌和谷物（小麦、黑麦、玉米等）威士忌。由此可引申出诸多排列组合，如单一麦芽威士忌、单一谷物威士忌、混合麦芽威士忌、混合谷物威士忌以及麦芽谷物威士忌。麦芽威士忌以清新果香见长，而谷物威士忌则味道厚重，风味层次稍逊于麦芽威士忌。

请允许不懂酒的我在这里借用一些资料——按地域分，苏格兰威士忌主要有五大产区：高地（Highlands）、低地（Lowlands）、艾雷岛（Islay）、斯卑赛（Speyside）、坎贝尔顿（Campbeltown）。除此之外，还有一些威士忌评论人士认为可以独立分为一区的岛屿区（Island），但目前还没有获得苏格兰威士忌协会（Scotch Whisky Association，简称SWA）的承认，仍旧被认为是属于高地区的一部分。

不能不承认，苏格兰人英勇果敢的性格确实与威士忌有一比。在爱丁堡的大街小巷，时时刻刻充满着威士忌绵长、醇厚的芬芳。在英国，每周四的啤酒是半价的，这一天的空气中不知不觉地多了一些啤酒的刚猛凛冽。然而，周五的早上，威士忌的绵长、醇厚便陡然杀回，带着独有的泥煤香气。这是难得的周末傍晚，年轻人换上漂亮的晚礼服，成群结队地出没于酒吧和餐厅。英国人不重视早餐和午餐，甚至不时将这两顿饭合并为早午餐（brunch），他们的餐食也甚至随便，一个汉堡、一个三明治、一份帕斯塔就可以打发。然而，晚餐却是他们生活中的一件要事，特别是周末的晚宴，结伴赴宴是一件相当隆重的事情。在爱丁堡的深夜，你不时会遇到醉饮的年轻人，甚至是他们在酒酣之余留下的一点蛛丝马迹：一个破碎的酒杯，一只女孩的发卡，一条绿色条纹的苏格兰围巾……在这里，饮酒是没有男女老幼之分的，16岁以上的成年人，都可以走进周末狂欢的队列。

在爱丁堡，任何一家酒吧里可以没有葡萄酒，但是一定不可以没有威士忌，更不可以缺少苏格兰威士忌。苏格兰威士忌，特别是色泽棕黄带红的纯麦威士忌，清澈透亮，入口感醇厚劲道而又不失圆润绵柔，是苏格兰人每日生活的佳伴。

苏格兰威士忌协会提供的资料表明，威士忌原本是一种饮料，苏格兰威士忌的酿造蒸馏记录最早出现在苏格兰1494年的一份财政税收

◆ 威士忌作坊

记录中，原文是"Eight bolls of malt to Friar John Cor wherewith to make aqua vitae"，意思是"修道士约翰·科（John Cor）需要 8 蒲式耳麦芽来酿造生命之水"，经换算，这个数量大约可以酿成 1500 瓶威士忌。早年的"生命之水"并不是用来饮用的，而是主要用于炼金术和医学，比如作为驱寒的药水。这样说来，可以确定苏格兰威士忌至少已经有 500 多年的历史，早在 15 世纪威士忌便已经成为苏格兰酒业的滥觞。

苏格兰对威士忌的制作有着极其严格的规定，对生产原料、蒸馏方式、橡木熟成、酒精度数及陈年时间等都做出了详尽的要求，而说到风格类型，世上所有威士忌皆不能望其项背，这与其严谨的工艺和宕迭的历史有关。

1644 年，苏格兰开始对威士忌征税，于是顷刻之间非法蒸馏和走私大肆泛滥，到了 1780 年，合法的蒸馏厂仅有 8 间，而那些大大小小的非法蒸馏则达到了 400 多间。苏格兰高地产区因为地势原因，蒸馏厂选址隐蔽，可以比较容易地逃避税官的检查，而在苏格兰低地的蒸馏厂就没有那么幸运了，他们无法逃避税收，只能通过偷工减料的方式来生产威士忌，苏格兰威士忌的名声也日趋"败坏"。

1823 年，英国国会通过颁布《消费法》（Excise Act）为合法蒸馏厂营造比较宽松的税收环境，同时又大力"围剿"非法蒸馏厂，从而极大地促进了苏格兰威士忌产业的发展。在这里有两件事不得不提，第一件就是 1831 年苏格兰引进的塔式蒸馏锅（column still），这种蒸馏锅可以进行连续蒸馏，极大地提高了蒸馏效率，不仅降低了威士忌的价格，使威士忌更加平民化，而且使威士忌的口感变得更为柔顺，为更多的消费者所接受。第二件事发生在 19 世纪后叶，来自美洲大陆的根瘤蚜虫（phylloxera）登陆欧洲，数不清的优良葡萄园短短几年变得满目疮痍，葡萄酒与干邑市场一蹶不振，威士忌"临危受命"，一下子被爱酒者们推到了舞台中心。

苏格兰威士忌对整个英国经济做出了巨大的贡献，据统计，苏格兰每年出口数十亿瓶威士忌，苏格兰威士忌在国外的年均销售总额大约为50亿英镑，大约占据了英国的食品和饮料出口总额的20%。让人惊讶的是，苏格兰威士忌占据了苏格兰地区食品和饮料出口总额的3/4，当之无愧地成为苏格兰地区的经济命脉。从苏格兰低地到奥克尼群岛的柯克沃尔，苏格兰威士忌酿酒厂无处不在。应该看到，我们在这里计算的还仅仅是苏格兰威士忌带来的直接经济效益，不包括威士忌未来将会在供应商、包装、能源、交通和分销等环节产生的潜在经济效益。数据表明，苏格兰威士忌行业的产值是数字行业或生命科学行业的3倍，仅次于能源行业和金融服务业，已成为苏格兰第三大产业。

从增值的角度来说，苏格兰威士忌行业对英国经济的贡献远超钢铁行业、纺织业或计算机等行业。然而，苏格兰威士忌的消费税却是相当高的。苏格兰威士忌协会的 CEO 大卫·弗罗斯特（David Frost）曾经呼吁英国政府适当削减威士忌的消费税："考虑到苏格兰威士忌的影响及其规模，我们认为政府应该给予适当的支持。一瓶威士忌 80% 的价格都是税收，这对消费者和整个行业来说都是不公平的，而且对经济极为不利。" 我们知道，去英国的游客可以免税购买 2 瓶不超过 1500 毫升的威士忌（前提是停留时间不超过 180 天），然而，对于真正喜爱威士忌的人来说，这个免税的指标是很苛刻的。如此无奈之下，我们不妨像村上春树一样，立即开启我们的苏格兰威士忌浪漫之旅吧！

"我的心在高原"
——苏格兰的主流宗教
和国家纪念碑

I

　　漫步爱丁堡街头，映入眼帘的都是巨大的灰黑色建筑，高耸入云的教堂就隐匿在这些巨大建筑中，湛蓝湛蓝的天空，点缀着蓬松的云朵，凝重中显得格外的深情。每一条用鹅卵石铺成的小巷，都会将游人引进一个神秘的所在，每一个神秘的所在，背后都是迷宫般的历史。

　　苏格兰诗人彭斯在诗中写道："我的心在高原！"

　　沿着弯弯曲曲的海岸线细数远方的帆影，在阡陌纵横的卡尔顿山拾级而上，深一脚浅一脚踏着坚硬的石板在老城区漫步，这句诗无时无刻不回响在耳畔。

　　卡尔顿山上有一座酷似雅典帕特农神庙的古典建筑伫立风中，尤其惹人注目，十二根巨大圆柱笔直伸向天空，它们托起的横梁气势恢宏，这便是看起来颇具古希腊建筑神韵的苏格兰国家纪念碑。西方文明源出古希腊文明，苏格兰毫不掩饰他们对古希腊文明的顶礼膜拜。不过遗憾的是，这座"神庙"只有古希腊神庙的一半，如屏障一般的阔大柱廊是没有完工的半截子工程。

1815年，英国带领的反法联盟在战争中获得胜利，当时已经合并到不列颠帝国100多年的苏格兰决定建立国家纪念碑，以纪念战争中的牺牲者。在卡尔顿山上立起一座"帕特农神庙复制品"的计划获得公众支持。苏格兰国家纪念碑于1826年开始动工兴建，1829年，由于选用的建筑材料"过于优良"，导致造价过高，预算用完，这样一个国家级的标志工程竟然就这样半路搁浅，而且一停就停了近200年，这不能不说是各国"国家纪念碑"中最尴尬的一个。

然而，恰恰是这座未完工的巨大建筑物，却给人以一种遗世独立的历史沧桑感，它像一个岁月之神，孤独地伫立在卡尔顿山头，成为颇具魅力的爱丁堡的象征。有人说，爱丁堡之所以有"北方雅典"之称，或许正源于这座未完工的国家纪念碑。爱丁堡人则认为，国家纪念碑是苏格兰最有标志性的符号，是理解爱丁堡作为"北方雅典"的一个关键性神奇景观，更是爱丁堡成为世界遗产的主要原因。

在爱丁堡，高高耸立在人们心灵之巅的，除了苏格兰国家纪念碑，还有大大小小形形色色的基督教教堂。

在英国，每个人都享有宗教信仰的自由，因此，在英国各中心地区也形成了多种宗教信仰蓬勃发展的局面。英国的官方风格教堂，大致有两种，一种是英国圣公会的英格兰教堂，一种是长老教派的苏格兰教堂，除此之外，林林总总的宗教和数不胜数的教派在英国都可以找到自己的代表。在爱丁堡，数量最多的是长老教派的苏格兰教堂。

英国的基督教是在天主教和新教漫长而艰难的斗争中成长起来的，16世纪以来围绕宗教改革运动发生在英国的一系列事件，使得英国教会渐渐脱离教皇和罗马教廷的控制，天主教和新教发展的痕迹，深深渗透在英国的社会生活和建筑风格中，爱丁堡也不例外。

从新教（Protestantism）的发音不难看出它极具变革的倾向。11世纪基督教廷东西大分裂之后，罗马天主教一直在欧洲各国是统治地位的国教。然而，对于罗马天主教剥削压迫的教义的不满，早在14世纪就已经逐渐露出端倪。16世纪20年代，德国的马丁·路德才拉开了革命的帷幕。

宗教改革运动起初的目的就是反抗罗马天主教严苛闭塞的教义和信条。然而，不可避免地，宗教体系和政治体系纠缠在一起。譬如当年亨利八世想和他的第一任西班牙妻子离婚就不得不征求罗马教廷的允许，这桩离婚案直接地成为英国宗教改革运动的导火索。都铎王朝统治初期，英国教会由罗马教廷所控制，当时的英国教会掌握着英国1/3左右的地产，所拥有的财富约占全国总财富的1/5。罗马教会不仅从英国赚取大量钱财，而且还干预英国的宗教事务。随着人文主义和宗教改革思想的传播，英国社会各阶层的反教会情绪日益高涨。新兴资产阶级和新贵族要求夺取教会的土地和其他财产，而逐渐强大起来的专制王朝则力图把教会作为专制王权的统治工具，在这样的背景下，英王亨利八世顺势推动了这场自上而下的宗教改革运动。

在这场宗教改革运动中，天主教会被剥夺的财产很大一部分落入了新兴资产阶级的手里，进而促进了资本主义的发展。此外，宗教改革否定了罗马天主教会的绝对权威，解放了人们的思想，为英国资本主义的兴起和发展奠定了基础。

新教与天主教在教义上仍有许多地方是相通的，譬如两者都属正统教派，都奉行三位一体神论；耶稣基督一位二性论，亦即完全神性与完全人性；《圣经》为神所启示以及耶稣基督为唯一救赎主等基要真理。但是新教更加强调信徒在与神交流过程中的主动性。教义中提倡"因信称义"，即"信徒得以被称为义不是倚靠任何人为的善行或修炼，而是源于神主动的恩典和赏赐，使世人因着圣灵奇妙的工作而向神悔改认罪并信靠主耶稣基督"。并且认为"信徒皆祭司"，鼓励信徒自己读《圣经》并从中理解基督教的真谛。因此，新教也并不认可罗马教廷的权威性，并且从新教创立伊始便没有过统一的教会机构。

总的来说，新教无论从教义、仪式以及服饰上都比罗马天主教和东正教要简化得多得多。新教仅保留了天主教七件圣事中的两件圣事：洗礼和圣餐礼。如同很多影视作品中描述的那样，所谓洗礼大概也分为两种，一种是注水洗礼，另一种是浸礼。从名字就可以看出两者的区别。注水礼一般就是牧师在受洗者的额头上倾注少量的水，这种洗礼方式适用于老弱病残一类的人。浸礼则是牧师引领着受洗者全身进入到水池中。洗礼的宗教意义可以解释为洗去入教者身上的原罪和本罪。第二项仪式圣餐礼是根据《圣经·新约》中耶稣与使徒们最后的晚餐引申而来。在圣餐礼中，接受完洗礼的教徒从牧师手里领取面饼和葡萄汁并食用，食物代表着基督耶稣的血与肉。天主教崇拜耶稣的母亲圣母玛利亚，而在新教中认为玛利亚只是人，是耶稣的肉身母亲。天主教在圣经以外还加入了一些其他的经文，如《玫瑰经》等。而新教则严格以圣经为唯一的经典。

而多元化的宗教历史在英国的另一个产物就是遍布英国各地令人叹为观止的教堂、寺院和修道院，这些宗旨和功能不同的建筑在不同地区不同时期有着不同的风格。格拉斯敦伯雷修道院，是以往凯尔特举行宗教活动的地方，曾经在亚瑟王的传奇故事中扮演过重要的角色；坎特伯雷大教堂的戏剧色彩也非常浓厚，相传坎特伯雷的圣奥古斯丁于公元 597 年从罗马来到英国传播福音，五年之后，他主持修建了坎特伯雷大教堂。

爱丁堡的社会生活和文化活动都时刻浸润在宗教中，有很多个性鲜明的历史人物脱胎于英国的宗教历史，其中包括在英国发动宗教改革的亨利八世和充满神秘色彩的圣帕特里克，现在每年世界各地都有庆祝后者的节日；以及大名鼎鼎的罗宾汉传奇故事中 12 世纪时的狮心王理查德。

圣吉尔斯大教堂（St. Giles' Cathedral）位于苏格兰爱丁堡老城皇家一英里的中点，是苏格兰长老会礼拜场所。在历史上，圣吉尔斯大教堂曾经是爱丁堡最高等级的教堂，它的塔像一顶皇冠，是爱丁堡天际线的突出特点，令人印象深刻。这座教堂作为爱丁堡的宗教枢纽已经有 900 年的时间，今天，它被看作是全世界长老会的母会。

在正式意义上，圣吉尔斯大教堂作为主教座堂，只是在 17 世纪两个很短的阶段：1635 年至 1638 年，1661 年至 1689 年，当时主教制得到王室支持，曾在苏格兰教会短暂地占据优势。在苏格兰宗教改革以前，爱丁堡没有主教座堂，因为爱丁堡属于圣安德鲁教区，

◆ 圣吉尔斯大教堂

◆ 教堂内部繁复精致的屋顶

主教座堂设在圣安德鲁。改教以后的大部分时间，苏格兰教会没有主教、教区以及主教座堂，因此，其名称中的"Cathedral"并没有实际意义。

圣吉尔斯大教堂原建于 1120 年，后遭大火烧毁，于 1385 年重建。教堂内有一座 20 世纪增建的苏格兰骑士团的礼拜堂，新哥特式的天花板与饰壁上的雕刻极为精美华丽。这座教堂由于规模庞大，位置适中，还有许多贵族的墓穴，成了非常受欢迎的旅游景点，在每年的爱丁堡艺术节，这里便成为艺术的胜地、胜景，由于地处皇家一英里的中心，更加引人瞩目。

圣安德烈和圣乔治西教堂（St Andrew's and St George's West Church）是苏格兰爱丁堡新城的一个苏格兰长老会的堂会，该堂区今天包括整个爱丁堡第一新城，以及 19 世纪初的爱丁堡第二新城的一小部分。教堂建成于 1784 年，现在被列为英国登录建筑加以保护。

圣安德烈和圣乔治西教堂这两座教堂是爱丁堡新城规划的主要内容。爱丁堡市议会为圣安德烈教堂举行了设计竞赛，获胜者是安德鲁·弗雷泽和罗伯特·凯。该教堂始建于 1781 年，1784 年开幕。这座教堂拥有独特的椭圆形平面，这是英国第一座这样的教堂，其古罗马建筑风格反映了 18 世纪的时尚。圣安德烈教堂原有设计是一个较矮的塔楼，但是市议会选择了尖顶。

1964 年，夏洛特广场的圣乔治堂会与圣安德烈堂会合并，成立圣安德烈圣乔治堂会。圣乔治教堂建筑现在被用作苏格兰国家档案馆。2010 年 1 月，圣安德烈圣乔治堂会与圣乔治西堂会（St George's West）合并，成立圣安德烈和圣乔治西教堂，礼拜暂时分在两个建筑中进行。

一个不可忽视的现实是，今天年轻人的宗教意识比他们的长辈淡漠得多。尽管宗教在英国甚至世界历史上有着无与伦比的重要意义，但其影响力在英国呈现着逐渐衰落的趋势，不论是天主教还是新教。

有机构统计，英国只有百分之三十的人称自己是有信仰的教民。英国《卫报》对此评价："如果说，七十年前英国人都认同英国是一个基督教国家的话，那么对于现在的英国人来说，宗教无非就是一个和'帝国'这种概念一样过时的概念、一个虚假的集权手段而已。"

不列颠尼亚号，
大不列颠往日的荣耀

1

1997 年 7 月 1 日 0 时 40 分，香港。

离散了一个半世纪的东方明珠终于回到祖国母亲的怀抱，中华人民共和国国旗在这里缓缓升起，飘扬了 150 多年的英国米字旗，最后一次在这里降落。

这是英国撤离香港的最后时刻。香港政权交接仪式令人印象深刻、回味悠长。很多人也许没有注意，在维多利亚港添马舰码头接载查尔斯王子和末任港督彭定康回国的，是一艘声名显赫的英国皇家游艇——不列颠尼亚号。

不列颠尼亚号缓缓驶离维多利亚港湾。这艘邮艇曾经被吉尼斯世界纪录大全评选为世界上最大的游艇，它是由约翰布朗公司 (John Brown & Co. Ltd) 在苏格兰 West Dunbartonshire 建造，是英国历史上第 87 艘王室游艇。它于 1953 年至 1997 年间服役，曾经在战争中承担过救援的角色。不列颠尼亚号被设计成可在战时被改装成医疗船的样式，但从来没有被真正改装。不列颠尼亚号曾被英女王及其他王室成员使用，做过 696 次外访及 272 次英国水域内的探访。

1953 年 4 月 16 日，英女王伊丽莎白二世主持了不列颠尼亚号的下水礼。

1954 年 1 月 11 日，不列颠尼亚号从爱丁堡抵达伦敦，在这里完成了它的第一次皇家航行。

伊丽莎白女王将皇家游艇称作一个她"可以真正放松"的地方。在船上，她可以让自己的身心都放松下来。这艘船上，大约有 20 名军官和 220 名游艇船员，都经过严格的筛选和严苛的训练。在船上，他们穿着软底鞋来减少噪声，使用专门的手语作为联络信号，以免打扰女王。

1981 年，查尔斯王子与黛安娜王妃大婚时，乘坐不列颠尼亚号，在地中海度过了他们的蜜月期，在船上他们心无杂念、相视一笑的镜头定格了这一瞬间。

不列颠尼亚号是英国王室度假的理想场所，这艘游艇 1960 年还曾经接待过玛格丽特公主和安东尼·阿姆斯特朗－琼斯，1973 年接待过安妮公主和马克·菲利普斯，1986 年接待过安德鲁王子和莎拉·弗格森。

1986 年，南也门发生暴乱冲突，并爆发大规模内战。在亚丁的外国侨民和外交官纷纷撤退到港口，这其中有不少是中国外交官。但到了港口之后，他们失望地发现港内的船只都已经为了逃避战火驶出了港口。英国政府通知正在附近的不列颠尼亚号前往亚丁港救援各国难民。难民被用汽艇接到船上，然后被运送到吉布提。按照

◆ 香港维多利亚港

皇家海军的规定，在战时，不列颠尼亚号自动成为皇家海军的医疗船。但是这次是属于也门的内战。最后不列颠尼亚号一共从亚丁救出了10687名外国难民和外交人员，当然，也包括中国驻也门的外交官。

每年，王室成员都在夏天前往西部群岛私人度假。严肃的皇家气氛在船上漫长的旅程中被愉悦的航海代替。正是在这艘船上，戴安娜向两个王子——威廉和哈里张开怀抱的瞬间被定格下来。这是1991年10月在多伦多，次年，她便与查尔斯王子正式分居，5年之后，她在一场车祸中香消玉殒。

香港回归中国后，接载查尔斯王子和末任港督彭定康回国，是不列颠尼亚号最后的使命。这一年的1997年12月11日，不列颠尼亚号正式退役。英国女王伊丽莎白二世亲自主持了退役仪式，还有文章记载女王在它的退役仪式上偷偷擦拭眼角的泪水。这一刻，时间停滞了，船上的钟摆也永远地停留在15:00。

此后，这艘载满大不列颠历史的游轮开启了它的另一种存在，每年有成千上万的游客从世界各地涌向这里，体验神秘的皇家生活。拥有5个甲板的皇家游艇不列颠尼亚号由于搭载英国王室出巡而声名在外。而今，这艘游艇出行1000余次，行驶100万英里，为英国王室服务了40多年。这艘航行总里程超过百万英里的巨大的不列颠尼亚号，"退休"成为著名的五星级景点，安静地停泊在爱丁堡古老的利兹港。

大不列颠尼亚号曾被BBC评为"苏格兰必去观光邮艇"，当然是游览爱丁堡的必去之地。尽管如此，这里却常常被游客忽视。也许，某一天，你在甲板一边品着茶，享受周到的服务员会提供的正宗皇

家厨房的美味蛋糕、烤饼、汤和三明治，一边欣赏迷人的海滨景致，看着穿着船长服装的侍者和游客走来走去，你才会明白何以伊丽莎白女王说这里是"可以真正放松"的地方。

霍普顿宫：
苏格兰的凡尔赛宫

一个城市纵然有再多的故事，走到这里，写到这里，想必行者也甚无聊，读者也甚是无趣了。雾霾最重那几天，在昏暗的夜色里穿梭，被刺鼻的味道呛得不停地咳嗽，然而，身边的很多人跟我一样，已经选择了忘记，他们和我一样，或者我和他们一样，扔掉口罩，轻装前行。很多时候，清晨的阳光灿烂、万里朝霞，让你很容易便忘记了昨晚覆盖半个城市的沉重。

可是，这个月夜班。从新年伊始，我便没有见过清晨的朝霞，没见过清晨的阳光灿烂。每个在深重雾霾中逆行的夜晚，我都会想起我一度觉得自己已经忘记了的远方，已经忘记了的爱丁堡的颜色和味道。

爱丁堡的海风咸腥凛冽，爱丁堡的天空碧蓝如洗，爱丁堡的阳光澄澈明媚。行走在夜色里，遥远的星光和近处的车灯让我仿佛穿梭在历史的碎片里。假如让行者给读者出一道题，请他们选择一座

◆ 悠闲漫步的
行人

苏格兰最古老、最有趣、最难以忘怀的古宅，相信会有很多种答案。但我猜，人们选择最多的，大抵是位于爱丁堡的霍普顿宫（Hopetoun House）。

不论从建筑艺术还是从家族历史来看，霍普顿宫都堪称苏格兰最杰出的古典建筑之一。

苏格兰位于欧洲西部，东濒北海，西临大西洋，南部便是英格兰和不列颠岛。苏格兰东北与西北分别与挪威、丹麦、冰岛隔海相望，这样的地理位置和历史渊源，决定了苏格兰与不列颠岛割舍不断、纠缠不清的爱恨情仇。

1707 年 5 月 1 日，联合法案（Act of Union）通过，苏格兰正式与英格兰合并为一个国家，成为大不列颠王国（Kingdom of Great Britain），之后又经过数次改制，最终成为今日所为人熟知的不列颠与北爱尔兰联合王国（The United Kingdom of Great Britain and Northern Ireland），这就是今天我们所熟悉的英国。

在英国，苏格兰是一种特殊的历史、特殊的地理、特殊的存在。1998 年，时任首相托尼·布莱尔领导的英国工党政府根据 1997 年通过的公民投票决议，公布了苏格兰法案（Scotland Act 1998），确定恢复消失了接近 300 年的苏格兰议会。苏格兰议会的复兴让苏格兰拥有了更多的地方事务治理权、税率调整权，拥有了更多的自治空间和能力，也让爱丁堡重新成为英国一处不可忽视的重要政治文化中心。

作为爱丁堡的重要组成，霍普顿宫是苏格兰历史上的政治文化中心。霍普顿宫位于爱丁堡西面 12 英里处。从爱丁堡驱车出发，一路向西，栉比鳞次的古典风格建筑让人目不暇接，行驶不久，便是独具苏格兰特色的田园。传说苏格兰牧人放牧时，偶尔喜欢在这绿草如茵的草场上，用木棍将圆圆的石头击入野兔子洞，这项运动后来逐渐引起宫廷贵族和民间青年的浓厚兴趣，演变为用木棍将一种奇怪的实心球击入洞中，这便是风靡一时的高尔夫球运动，19世纪末流传至美洲、澳洲及南非，20世纪流传至亚洲，最终成为世界级的贵族运动。

霍普顿宫邻近南昆斯费里，位于占地100英亩的美丽公园中央，更令人激动的是，霍普顿宫离著名的福斯湾非常近。大海，一直是霍普顿宫家族史上很重要的一部分。站在霍普顿宫的中庭，可以眺望东边不远处的福斯桥，这座桥作为世界上第一座钢铁桥而著名。

霍普顿的传奇始于1682年。一次乘船出游中，格洛斯特护卫舰发生故障，这就是后人所说的格洛斯特护卫舰沉没事件。在这次事故的紧要关头，霍普顿家族的约翰·霍普顿果断地将救生船的座位让给了约克公爵，即后来的苏格兰国王詹姆斯七世、英格兰国王詹姆斯二世，自己不幸在海中溺毙。据后来的历史资料对这次格洛斯特护卫舰沉没事件的记载，也许是狗天生会游泳的原因，当时连约克公爵的狗都被救起来了，可惜约翰·霍普顿和另外几位在场的苏格兰绅士却并没有得救，他们共赴灾难。

1703年，大不列颠和爱尔兰女王安妮女王在约翰·霍普顿的儿子及继承人查尔斯成年时，封其为霍普顿伯爵，以报其救命之恩。霍普顿家族的发达，其实可以追溯到更早的年代。在爱丁堡，霍普

顿家族产生了不少受人尊敬的商人、律师、官员，家族的财富可以说是从约翰·霍普顿的父亲詹姆斯·霍普顿爵士逐步积累起来的，这位矿学家在拉纳克郡用技术开采出了铅矿，后来矿产由他的妻子安妮·福尔斯继承。约翰·霍普顿在沉船事件中去世后，霍普顿家族新产业的发展就落到了他的遗孀玛格丽特的肩上。玛格丽特是哈丁顿伯爵的长女，一位能干的女人，霍普顿家族正是在她的手上开始兴旺，霍普顿宫也正是在她的手上开始兴建。

玛格丽特请到了帕拉第奥派的建筑设计先驱威廉·布鲁斯，他曾经按照古典主义风格为一位士绅建造过一幢内敛的别墅。霍普顿宫不仅仅是威廉·布鲁斯的作品，宫殿建设期间，还有一位在当时风靡一时的威廉·亚当参与设计。更重要的是，这里是"伟大的罗伯特"罗伯特·亚当（Robert Adam）起步的重要地方，他所推行的轻巧、典雅的建筑风格受到厌倦于繁复风格的贵族阶层的赞誉，成为当时英国最为流行的风格之一，被后世称为"亚当风格"（Adam Style）。罗伯特·亚当创造性地使用淡水彩、钢笔、铅笔等来构图，并且设计的房子都有背景，表现背景常常更重于表现建筑。这种构图方式的意义最为重要，后来在建筑工程详图中，这种效果图得到广泛应用。伦敦的索安博物馆存有罗伯特·亚当所画的 9000 份设计图纸，每一份都堪称完美。在 18 世纪欧洲启蒙运动的浪潮中，爱丁堡逐渐成为欧洲重要的学术中心和文化中心。爱丁堡大学著名的旧学院（Old College）的设计者便是罗伯特·亚当，如今，这座建筑物仍然屹立于爱丁堡老城的南桥街（South Bridge）和钱伯街（Chamber Street）的交接处，每次路过这里，我都忍不住走进去，在椅子上静

◆ 山地高尔夫球

静地坐几分钟，时光常常就这样在这里静止了。

正是因为有了这几位名家的合作，才有了霍普顿宫和谐完美的西楼、花园，有了霍普顿宫不同凡响的巨大前院、连绵柱廊。因为从里到外都散发出的沉静优雅的光芒，这座巴洛克风格的宫殿被后世誉为"苏格兰的凡尔赛宫"。

霍普顿宫分为两部分：较旧的部分是由威廉·布鲁斯爵士设计的，建造于1699年至1702年，主要是一个壮丽的楼梯间；较新的部分是由威廉·亚当和他的儿子们罗伯特·亚当和约翰·亚当在1721年至1748年设计的，在此期间这栋建筑得到了大规模的扩建，其内部装饰主要由罗伯特·亚当和约翰·亚当完成。霍普顿宫以其艺术藏品著称，其中包括庚斯博罗、雷姆塞和雷本的作品，入口处宏伟的大厅体现了典型的巴洛克风格，始建于1752年，亚历山大·艾扎特在楼梯间留下了赏心悦目的雕刻，此人曾与"建筑师之王"布鲁斯共同建造了圣路德宫。

霍普顿宫从外部装饰到内部装修都非常奢华，在内部装修上，两位亚当没有对威廉·布鲁斯的设计做太多改动。镶板花园会客厅、图书室以及布鲁斯为年轻的霍普顿伯爵一世专门设计的卧房，都展现了威廉·布鲁斯17世纪末至18世纪初的精致品位。

布鲁斯在霍普顿宫短暂工作的种子在他开工的第一年就已经埋下。1699年，17岁的查尔斯·霍普娶了安南代尔侯爵一世的独生女儿亨利塔·约翰逊，亨利塔·约翰逊有一位早熟的鉴赏家哥哥，就是后来安南代尔侯爵二世，他具有极端优异的鉴赏天才。他力劝妹妹的丈夫将宅邸一扩再扩。他自己则按照威廉·亚当的设计改建了布鲁斯

在克雷格货尔建的另一座宅邸。亚当钟情于风格夸张的约翰·范布勒爵士和詹姆斯·吉莱斯皮，是一个极富冒险精神的古典建筑家。据说1700年初，他在霍普顿宫不过是做布鲁斯的年轻学徒，1720年因《维特鲁威松鸡》（*Vitruvius Scoticus*）第一卷的出版才声名鹊起。

第二年，威廉·亚当开始在霍普顿宫改建布鲁斯的作品，同年查尔斯那位单身连襟恰巧继承了安南代尔侯爵爵位。布鲁斯原先在入口处建起的大前院，不到20年就被更壮观的院落取代。亚当先是扩建了一幢侧楼，然后1725年是柱廊，1727年全面翻新的外观被纳入计划。

但是，直到1742年霍普顿伯爵二世继位，威廉·亚当新建的一排从入口大厅纵向朝北的大套房仍然是个未完成的框架。这些房间的装潢布置花了整整26年的时间。罗伯特和约翰两位负责了绿色餐厅和红色客厅中的吊顶，优美的洛可可风格让这两个房间充满了奢靡浪漫的情调。

在这些房间中，值得一提的是原来被称为大套房的黄金会客厅。这个房间原来是豪华餐厅，1822年国王乔治四世驾临霍普顿宫时，在这间房间里授予苏格兰艺术家亨利·雷伯恩爵士爵位。大套房等最后一间贵宾餐厅是由建于19世纪初的旧卧室及其前厅改建成的，由詹姆斯·吉尔斯派·格雷厄姆为霍普顿伯爵四世设计，这位将军大大丰富了霍普顿宫的艺术收藏。

1822年，霍普顿伯爵四世在霍普顿宫款待了驾临爱丁堡的乔治四世，这位见多识广的国王对霍普顿宫的风景也大为赞赏，在谈到亚当的风景规划时竟然由衷地感叹："天啊！你在这里太幸福了！"

继任的霍普顿伯爵继续改进霍普顿家族的宅邸。而今，这些过往的人物和故事以艺术画作的形式陈列在霍普顿宫大大小小的房间里的各面墙上，他们的经历让霍普顿家族充满了传奇色彩。

约翰·阿德里安·路易斯·霍普，第一代林利思戈侯爵，首任澳大利亚总督，1860年9月25日生于苏格兰林利思戈郡的昆斯费里。他是第六代霍普顿伯爵的长子。他毕业于伊顿公学和桑赫斯特皇家军事学院，但他没有进入军队服役。1885年6月到1886年1月、1886年8月到1889年8月他担任英国皇家宫廷侍从（由贵族出身的男子担任）。他在澳大利亚期间人称霍普顿勋爵（Lord Hopetoun）。

1889年约翰·霍普顿任澳洲维多利亚州总督，任期至1895年。他1901—1903年出任首任澳大利亚总督，并于1902年获封林利思戈侯爵爵位。1905年任苏格兰事务大臣到他去世。一时间，霍普顿家族在国际事务中叱咤风云。

1940年林利思戈侯爵三世因是第51（高地）师的成员在敦刻尔克被俘，后来，又因为其所拥有的影响力而被投入科尔迪茨战俘营。1974年，他和他的儿子霍普顿伯爵也就是今天的公爵四世建立了一个独立的慈善基金会，以保存霍普顿宫殿及其中的历史留存和周边风景，从而让这座充满了历史传奇的宅邸作为真正的人类文化遗产被保存和传承。

在每年夏季，霍普顿宫对游客开放，而这正是爱丁堡最好的季节，这个宫殿让福斯湾附近的居民都因此而变得时尚和富裕。霍普顿宫偶尔会举行古典音乐独奏会，智利著名钢琴演奏家阿弗列多·珀尔曾经在这里举行过肖邦音乐独奏会，规模自然与爱丁堡艺术节的单元演出无法相比，但是，在空旷的田野里，在广袤的月色里，让古典音乐与古典建筑和谐地融为一体，何尝不是人间至境？

卡尔顿的春天来了

I

　　雨，是爱丁堡一年四季的常客。冬天的雨，霸道，带着风，带着极地世界里漫长的黑暗；春天的雨，缠绵悱恻，是爱丁堡不可或缺的生命元素，它温婉宽柔地雕刻了爱丁堡的城市风貌，又情意绵绵地养育了爱丁堡的城市性格。

　　一场春雨与一场春雨之间，是我在这个城市里快乐的行走。一场雨开始了，金链树开始吐绿；一场雨结束了，山茶花已开得漫山遍野。追逐着春风的小鸟和蜜蜂叽叽喳喳嗡嗡着，从柳树飞到桃树，从桃树飞到梨树，从梨树飞到樱桃树，又从樱桃树飞到灌木丛里，降落，起飞，盘旋，匍匐，翻滚。春天的气息是生长的气息，春天的味道是生命的味道，春天的感觉是冰泮的感觉。春天从草丛、从树梢、从土地一点一点钻出来，捉迷藏一般，让贴服在古老石壁上的藤蔓重新舒展身躯、向上蜿蜒。冰冻的湖面不时传来噗噗的破冰声，被冰封了一个冬天的鱼渐次苏醒过来，懒洋洋地跳着，游着，不时从冰窟窿里跳出来，在冰面上懒懒地挣扎许久，又懒懒地滑进湖里。

春风破冰的声音如同种子一样在心里扎下根来，让人不由自主便继续追踪着这声音奔跑。王子大街涌动的人群更让这春风在古城里激荡。穿过熙熙攘攘的人流，沿着王子大街一路漫步，路的尽头，就是蓊蓊郁郁的卡尔顿山。

此时的爱丁堡，阳光明媚，空气透明，蓝天如洗。在爱丁堡东部，卡尔顿山（Calton Hill）陡然耸立，神祇般守护着宁静的古城。卡尔顿山位于尼克塔和内皮泽奥特湖的附近，是雷斯蒂戈什县一个省立公园的中心，不管风和日丽还是疾风暴雨，卡尔顿山上总是不乏新奇的外地游客，当然，每当风和日丽，卡尔顿山上更是人潮汹涌。这可能是世界上海拔最低的名山了，大抵只有 170 米高，山的四面八方，都有蜿蜒曲折的小路。沿着错落的小路拾级而上，一路是葱郁的风景。天气晴好时，许多当地人会来这里，在草坪上晒晒太阳或是野餐。山下的道路两侧，不时有几个邮箱伫立路边，证明这里居住着人家。站在卡尔顿山山顶，可以看到爱丁堡最美的景色，荷里路德、亚瑟王座、新城区、王子大街、司各特塔，甚至古城的每一个角落都会尽收眼底。向西远眺，爱丁堡城堡巍然矗立，在落日的余晖中遍身炽焰，转身向东，那是一片祥和的碧海蓝天，蔚蓝的大西洋和福斯湾上的点点白帆缓缓远去。

卡尔顿山上，布满了恢宏的历史文化遗迹，其中大多可追溯到19 世纪前叶。卡尔顿山之所以让众多的游人心驰神往，并不只凭借着绝色景致、绝佳地势，还缘于山上的历史文化遗迹，特别是三座

卡尔顿山

享誉世界的纪念碑。这三座纪念碑，一座是国家纪念碑，一座是纳尔逊纪念碑，一座是斯图尔特纪念亭。

国家纪念碑（National Monument）建立于 1822 年。拿破仑战争（1803 年到 1815 年）之后，人们为了纪念当时阵亡的苏格兰将士而建造此碑。国家纪念碑仿制希腊巴特农神殿而建，爱丁堡被称为"北方雅典"，据说其一便源于此，其二当然是这座城市深厚的学术底蕴和文化情怀。国家纪念碑构造十分简单，一排巨大的立柱支撑着横梁，如同一个巨人张开手臂拥抱四方，落日的余晖如碎金般洒在国家纪念碑上，往事悠然而至，让人失魂落魄。不过，你可不要以为这造型简单化了的"巴特农神殿"是设计师的创意。做事倔强较真的爱丁堡人当初用优质材料修建纪念碑，到 1829 年建设资金被耗尽，纪念碑只能被迫停建。尽管不远的格拉斯哥愿意为爱丁堡提供援助，但是这一援助的动议被爱丁堡人集体否决。所以可以看到的就只有一些基座、石头做的柱子，巨大的石柱支撑着巨大横梁。时间就这样在等待中慢慢流逝，尽管曾经一度有人戏称纪念碑的绰号是"爱丁堡的耻辱"或"爱丁堡的愚蠢"，然而纪念碑最终因为没有完成而成为具有象征意味的半成品。

纳尔逊纪念碑（Nelson's Monument）建于 1807 年，1815 年建成，比国家纪念碑更为古老神秘。纳尔逊纪念碑是为纪念霍雷肖·纳尔逊而建造的纪念碑。1805 年，在特拉法加战役中，海军中将霍雷肖·纳尔逊坐镇"胜利"号击败了法国与西班牙联合舰队，但本人却中弹阵亡，英勇殉国。这场战役无论是对于爱丁堡还是对于英国都有着非常重要的意义，为了纪念这位英国最伟大的海军指挥官，英国人在伦敦市中心和爱丁堡都竖立起了纳尔逊纪念碑（柱）。位于爱丁堡的高 32 米的纳尔逊纪念碑外形酷似老式单筒望远镜，在深蓝色的天幕下被数根雕刻精美的罗马石柱衬托着，显得分外壮阔宏伟。在这里有一个习俗，每日中午一点，爱丁堡城堡就会鸣炮以示纪念，而位于纳尔逊纪念碑塔尖上的小圆球会随着鸣炮下降。

卡尔顿山上还有一座纪念亭，这是杜格尔德·斯图尔特纪念亭（Dugald Stewart Monument），正如其名，它是纪念这位英国的伟大哲学家的。斯图尔特是苏格兰哲学家，更是苏格兰的骄傲，他从 1786 年开始直到去世都在爱丁堡大学任教，讲授道德哲学。为了纪念他，爱丁堡皇家学会修筑了这座纪念亭，并将爱丁堡大学的查尔斯街也改名为杜格尔德·斯图尔特大街。这座纪念亭是以雅典列雪格拉得音乐纪念亭为设计理念而修建的，因此其身上拥有雅典建筑的简洁优美风格，成为爱丁堡明信片上印得最多的建筑。斯图尔特纪念亭建于 1831 年，出自著名的苏格兰建筑师威廉·亨利·普莱费尔的设计，普莱费尔发扬了自己最擅长的新古典主义风格，附近的苏格兰农民诗人罗伯特·彭斯的纪念亭还模仿了斯图尔特纪念亭，以示对古希腊建筑的复兴和传承。

除此之外，卡尔顿山上还有一处著名的景观，那就是位于卡尔顿山左侧山顶的一座醒目的圆顶建筑——爱丁堡天文台（City Observatory）。爱丁堡天文台和斯图尔特纪念亭相隔甚近，拥有典型的欧式建筑特点，雕刻精美的圆顶，雪白的漆色在岁月的雕琢中变得斑驳，远远看去，就如画中的风景。在卡尔顿山东南侧还有一个公墓，哲学家大卫·休谟安葬于此，政治烈士纪念碑也位于公墓内。

◆ 雄壮的卡尔顿山

爱丁堡有一则广告写道："不经意间，就爱上了这座美丽的城市，爱上它精雕细琢的建筑，爱上它依山傍水的秀美，还爱上它典雅下的奔放。"果如其言，爱丁堡的角落都充溢着美和神秘，诱惑着匆匆走过的人驻足，而卡尔顿山是将这些美和神秘一览无遗的最佳观赏地。卡尔顿山上纪念亭云集，众多纪念碑有数百年的历史，山上到处都是历史的遗迹、岁月的刻痕，这是时间老人所留下的沉淀。国家纪念碑与不远处的纳尔逊纪念碑对望，斯图尔特的纪念亭与爱丁堡天文台对视，蔚蓝的天空下，这些从历史深处走来的纪念碑，显得格外庄严肃穆。

据说，"卡尔顿"这个名字也来自盖尔语，可能是"cauldh-dun"（黑山），因为山体是黑色玄武岩的，我从卡尔顿山上下来，感觉这个说法似乎比较可信。

在卡尔顿山的草坪上，很多人或坐或卧，旁若无人地读书、私语、发呆。我带着一本诗人华兹华斯的《湖区览胜》而来，其实这是一本写得非常好的旅行指南，也是一本值得细细品味的旅行佳伴。华兹华斯在开篇便描写了湖区的景色，恳请读者想象湖区景观在远古时的清新风貌，水土经大自然造化的伟力完成了这一杰作。他写道："任何人在他自己的脑海中都可以想象出这样一幅画面：潮水反反复复地涌向河口，海浪猛拍着光秃秃的崖壁，河流沿着河道流入广阔无边的水域。他也许还能看到或听到，风轻柔地拂过湖面，或者在山巅中呼啸。最后，他也许还能想到，原始森林在悄悄地抖掉落叶，萌发新芽，可是却无人驻足观赏，也无人为此感时伤怀。"

在卡尔顿山上俯瞰爱丁堡全城，颇有华兹华斯在湖区纵怀古今的感觉。在这刻满了历史印记的山上，我似乎也在脑海中想象出华兹华斯曾经无数次憧憬的画面：潮水反复地涌向河口，海浪猛拍着光秃秃的崖壁，河流沿着河道流入广阔无边的水域。时光就似这反反复复、起起伏伏的潮水，携带历史的琐碎景象而来，我似乎看得到岁月深处的日出日落，看得到时间碎片里的赓续绵延——1805 年，霍雷肖·纳尔逊殉国，1813—1815 年，苏格兰士兵又一次为国家而战，而再向前追溯，1786 年，哲学家杜格尔德·斯图尔特正准备着用思想守卫苏格兰家园。

被记忆塞满了的往事，如同一把锋利的刻刀，慢慢雕刻着我们的生活，也慢慢雕刻着我们的未来。璀璨的太阳从高空飘飘摇摇，缓缓西沉，卡尔顿山在落日中变换着颜色，光影跌宕，一刹那间，我似乎有一种错觉，我正穿越时光长廊，向过去飞驶而去。落日将最后的光和热散布在云海，为这个古色古香的城市镶嵌了一道巨大的金边，无限的沧桑被无限的柔曼包裹起来，无限的感喟被无限的寂静包裹起来。我仿佛看到，英俊的太阳神驾车远去，他一骑绝尘，手持竖琴，肩挎银弓，在蔚蓝的天空中飞跑，金箭在箭袋里叮当作响，载满传奇，载满希望。血红色的光芒就像保家卫国的将士的鲜血，不绝地倾倒在天空中，染红漫天云霞，染红荡漾碧波。

当地人说，每年 4 月 30 日，卡尔顿山会依时举行规模盛大、热闹非凡的五朔节。五朔节名字寓意是"明亮的圣洁的火"，因此每到五朔节时，红得热烈、红得激情四溢的火便成为节日的主要要素。唯一一部获得过诺贝尔文学奖的童话小说《尼尔斯骑鹅旅行记》中就曾提到过五朔节这个欧洲春天里最古老并且最重要的节日。

◆ 五朔节的篝火

　　苏格兰人刚强、果敢、勇毅，虽然爱丁堡不像伦敦那么大，但是每年五朔节时，从全世界慕名而来的数万甚至数十万人会不约而同聚集在卡尔顿山，庆祝五朔节，庆祝春天来临，庆祝幸福生活，祈祷这由血和火染成的古城，今年有个好收成。

风，轻柔地拂过湖面，或者，在山巅中呼啸。恰如华兹华斯所期盼的，原始森林正在悄悄地抖掉落叶，卡尔顿山的春天来了，万物正在萌发新芽。

爱丁堡的春天交响曲

草木和理想、教宗和伦理、学术和信仰、征服和禁锢，就这样在这个春天里莫名其妙地交织在一起。时间是多情又是无情的，它给爱丁堡留下了沧桑，也留下了怀念；留下了毁灭，也留下了重生；留下了思索，也留下了悖论。

五月的爱丁堡，气温渐渐回升，春天无形中加快了脚步，明明昨天乌云苦大仇深般地喧闹，鼓动着雪花和着雨水一阵又一阵飘落，今天便是阳光普照，和煦的阳光催生婆一样催开了迎春和水仙，催绿了白杨和柳枝。阳光刺烈，将满天的乌云吹得无影无踪。

海风似乎小了一些，各色各样的植物便在这春天的理想国里欢快地成长。早春的石楠红叶繁茂，不久便会绿树葳蕤、花团锦簇，一团团小白花簇拥而成的花球像极了新娘子手中的捧花。满树的海棠和玉兰含苞待放，仿佛军营里整装待发的士兵，只待号令一响，

立即开赴疆场。八角金盘肥硕的叶子像如来摊开的手掌，呈现着金属般的光泽，憨厚、温暖的样子惹人喜爱，在世界上很多地方，人们将它视为招财的植物，不管将它放在家里的什么地方，似乎都会为家里带来好运。络石本是常绿木质藤本植物，对环境的适应能力特别强，一年四季都不变色、不落叶，可是，春天的络石别有一种糯糯萌萌的姿态。风车满墙挂，缘是络石花。络石的花朵迎风而立，攀附在建筑和桥梁之上，果真像极了满墙的风车。人们常把络石藤叫作风车茉莉，因为络石花有着茉莉的清香。

你知道绣球花会变颜色吗？这是王子大街花园里的花工告诉我的"秘密"。原产于地中海的绣球花，一向以在严冬开花的常绿树名头而闻名于世。寒冬时，它常常呈现着粉红色的花蕾和白色的花朵，似乎在告诉人们春天的脚步近了。因此，绣球花的花语就是——希望。尽管人们给予了绣球花如此美好的话语，可是它变色的原因并不是气温，而是土壤。据说，绣球花是一种天然的土壤酸碱指示剂，土的酸碱度不同，花的颜色就不同。土壤呈酸性时，花的颜色偏蓝；土壤呈碱性时，花的颜色偏粉。所以花工利用它的这种特性调整它的颜色，使得满园的绣球花五彩缤纷，美不胜收。令人不解的是，如此美艳绝伦的绣球花竟然整株都是有毒的，也许这是它保护自己的一种方法？大自然给了我们如此璀璨的丰富，又给了我们如此神秘的复杂。

从中国将种子撒满全世界的泡桐，似乎是春天里最常见的树种了。它的生存能力极强，即使在贫瘠的土地上，也能开出美艳的鲜花、结出丰硕的果子。在欢欢喜喜摇动的春风里，小铃铛一般的花朵，粉嫩得像是婴儿的脸颊，又像是佛塔檐角的铜铃，看着看着，心里便响起一串串的铃声，带着旋律，飘散开去。泡桐是一种正直忠诚的树，它笔直向上，很少旁逸斜出，加之它的木材呈现出一种丝绢亮光的优美光泽，因此很多国家会选择用泡桐树做乐器或者家具，质量上乘的泡桐树材，被称为"琴桐"。

春天的爱丁堡，是草木的理想国。沿着王子大街漫步，仿佛走在曼妙的植物园里，各色植物在春风里拔节生长。向东再向南，倾听着鼓荡着绿意的声音，不知不觉便会来到爱丁堡的象征性建筑圣吉尔斯大教堂（St. Giles' Cathedral）。圣吉尔斯大教堂位于皇家一英里的中点，是苏格兰长老会礼拜场所，也是苏格兰的国家教堂。据说，在全世界 100 个经典教堂名册上，圣吉尔斯大教堂都占有一席之地。

　　圣吉尔斯大教堂门前，有一个并不太大的广场，广场上有一座巨大的亚当·斯密 (Adam Smith) 青铜雕像，苏格兰人对这位出生于法夫郡的经济学家充满了骄傲和景慕，在人们经常使用的 20 英镑面值的钞票上，一面印的是伊丽莎白女王，另一面印的就是亚当·斯密。直到今天，亚当·斯密的观点依旧对政治学和经济学领域施加着极其强大的影响力。马克思曾经说，亚当·斯密第一次对政治经济学的基本问题做出了系统的研究，创立了一个完整的理论体系。撒切尔夫人评价亚当·斯密是私人资本主义的早期拥护者，是为了保证市场繁荣发展而追求"缩减国家和政府职能权限"运动的创始人。这些评价都并不为过。

　　其实，长久以来，人们都过多地将亚当·斯密看作经济学家，却忽视了他作为政治学家、历史学家和伦理学家的存在。经济学界也过多地将亚当·斯密称为自由主义和新自由主义的创始人，同样忽视了他反复强调的另一个极端——市场发展面临的最紧迫威胁不是国家忽视市场的作用、选择独自采取行动干预经济，而是国家被商界精英所掌控。借助《道德情操论》，亚当·斯密真正想表达的是：政治领域内任何预先的规划——尤其是假设数百万民众组成的社会

◆ 山海之间的绣球花

将不假思索地遵循政府指令的规划——都有潜在危险。这是因为"体系狂热症"让政治家们内心出现一种救世主一般的确定和自信。他们深深地相信，自己的改革是社会必需，也坚定地认为只要计划能够实现，付出几乎任何代价都是值得的。

不知道为什么亚当·斯密的雕像会伫立在圣吉尔斯大教堂前面的广场上，不过反复细读亚当·斯密的著作，似乎总能在这样的规划里看到思索和深意。

圣吉尔斯大教堂门前站立着神职人员，他们身披红黑相间的教袍，表情严肃而恭谦。教堂是不收门票的，但是游客可以自愿捐助 2 英镑，作为对教堂建设的点滴贡献。教堂的顶部和四周都布满了女王颁发的骑士勋章和骑士锦旗。每个骑士都有一个独立的勋章标志和锦旗花纹，样式不一而足，五花八门，琳琅满目。

这座教堂始建于 1124 年，1385 年毁于大火，现在所见到的是 1390 年重修的建筑，目前教堂内部大多是那时所建。在许多年间，周围增建了许多小堂，使其大为扩展，形状也变得不规则。

1466 年，圣吉尔斯升格为协同教会。1490 年，圣吉尔斯大教堂增建了灯笼状塔楼。到 16 世纪中叶宗教改革之前，教堂中已经有大约 50 个祭坛。

宗教改革期间的 1560 年，玛丽钟和黄铜烛台被销毁，用来造枪，圣吉尔斯的手臂、钻石戒指（在 1454 年获得）和其他珍宝被卖给爱丁堡银匠迈克尔·吉尔伯特和约翰·哈特，黄铜讲台作为废金属处理给亚当·富勒顿。教堂被分隔成许多布道厅，以适应长老会的礼拜风格。

1800 年，圣吉尔斯教堂的外观数百年来首次完全暴露，可以看到其恶劣的状态，这是城市的尴尬。1829 年，建筑师威廉·伯恩受命修复和美化教堂。他拆除了一些小堂，使其外观对称。

1872 年至 1883 年，威廉·钱伯斯爵士计划并资助了进一步的修复，目的是建立一个国家教堂："苏格兰的西敏寺"。钱伯斯聘请建筑师威廉·海伊和乔治·亨德森进行修复工作。拆除了隔墙，自改教以来教堂首次出现了统一的内部空间。

20 世纪中叶宗教改革时大多消失的花窗玻璃又出现在窗户上。

今天我们看到的圣吉尔斯大教堂，早已不是初建时的模样，洁白的石头经过岁月的湮蚀，已经变成了暗黑色，显得更加庄严肃穆。圣吉尔斯大教堂的塔尖酷似苏格兰王冠，在爱丁堡的每一个角落，只要登上高处，都能看到这个散发着王者风范的标志性尖顶，这个尖顶构成了爱丁堡和谐美丽的天际线中不可或缺的部分。教堂前壁有精美的塑像，它们诉说着耶稣基督和他的众门徒的故事。教堂里的木雕和彩色玻璃极其精美。这座教堂作为爱丁堡的宗教枢纽已经有 900 年的时间，今天，它有时被看作是全世界长老会的母会。

教堂的一角有一个隐秘神圣的小教堂——蓟花勋章礼拜堂（Thistle Chapel），它是 20 世纪增建的苏格兰最重要的骑士团蓟花勋章骑士团的小教堂，几乎全实木包装的新哥特式天花板与饰壁上，雕刻极为精美华丽，国王和 14 位蓟花骑士的位子环壁而坐，每个座背上有历任蓟花骑士的徽章，徽章上有图腾图案、授勋年代和该骑士的代表格言，上方有其头盔、宝剑、象征图腾，壁上还有吹风笛、号角的人偶等苏格兰特色装饰雕塑，整个小教堂充满着浓郁的苏格

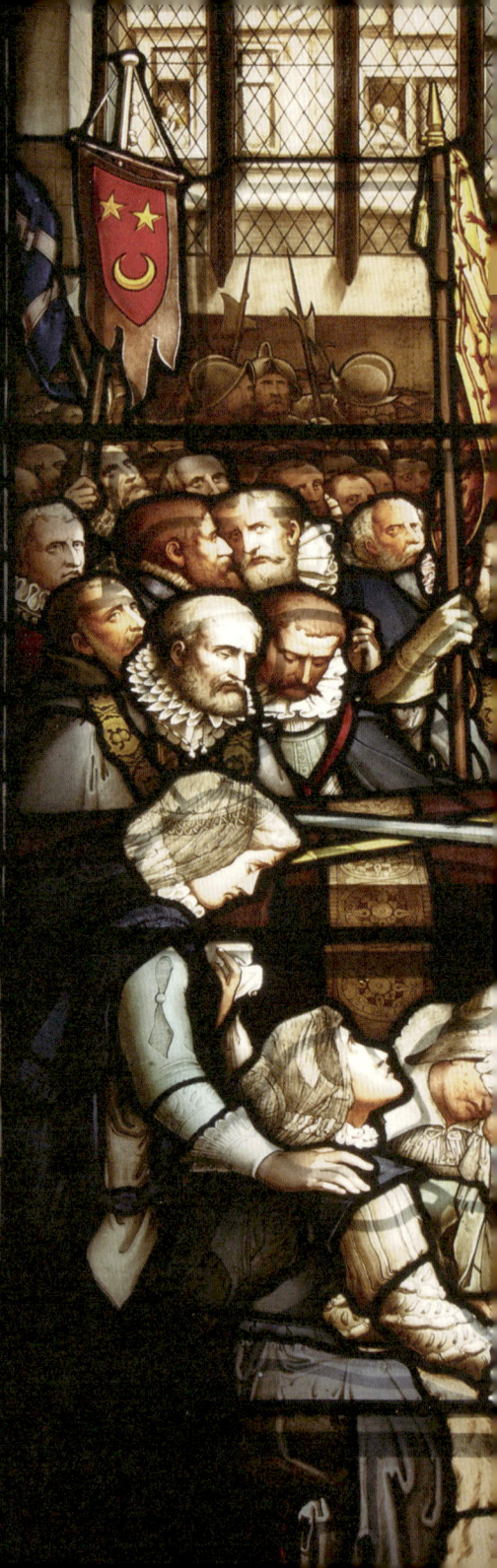

兰文化韵味和深厚的皇家历史积淀。这座教堂由于规模庞大，位置适中，还有许多贵族的墓穴，成为游客们必到的旅游景点。

其实，在正式意义上，圣吉尔斯大教堂作为主教座堂，只是在17世纪两个很短的阶段：1635年至1638年，1661年至1689年。当时主教制得到王室支持，曾在苏格兰教会短暂地占据优势。在苏格兰宗教改革以前，爱丁堡没有主教座堂，因为爱丁堡属于圣安德鲁教区，主教座堂设在圣安德鲁。改教以后的大部分时间，苏格兰教会没有主教、教区以及主教座堂，因此，其名称中的"Cathedral"（大教堂）并没有实际意义。

长老教会（Presbyterian church）是产生于16世纪初的文艺复兴和宗教改革运动，也被称为归正宗。归正宗是新教主要宗派之一，以加尔文的宗教思想为依据。"归正"，就是经过改革复归正确之意。在英语国家里，这一宗派因其教政特点又称长老宗。归正宗与安立甘宗和路德宗并称新教三大主流派别。

苏格兰长老会的起源似乎可以追溯到苏格兰改革，这个教派的名字是从希腊文词"πρεσβ τερο"（Presbyteros）而来，就是"长老"之意。苏格兰人约翰·诺克斯，在日内瓦学习了加尔文主义，1560年返回到苏格兰带领苏格兰教会接受改革。由于这个背景，长老会一般存在于英国以前的殖民地，如美国、加拿大、新西兰、印度等。

圣吉尔斯大教堂所在之地是爱丁堡最繁华的地方，它的斜对面就是爱丁堡老市政厅，拱形门后的院子中间，也竖立有一座"亚历山大大帝与他的爱骑"的雕像。亚历山大大帝曾师从古希腊著名学

◆ 夕阳下的
　 爱丁堡

者亚里士多德，以其雄才大略，先后统一希腊全境，进而横扫中东地区，不费一兵一卒而占领埃及全境，荡平波斯帝国，军队甚至行进到印度河流域。这个雕像讲述的是亚历山大大帝年幼的时候如何驯服他的坐骑的故事，此后这匹马一直跟随亚历山大大帝，与他在大大小小的战役中并肩作战。爱丁堡老市政厅建于14世纪，建筑为典型的中世纪风格，曾被用来举办苏格兰早期议会、法院开庭等，后作为城镇的监狱，除了监禁，体罚和酷刑也经常在此进行。直至1817年，监狱和刑场才被拆除。

草木和理想、教宗和伦理、学术和信仰、征服和禁锢，就这样在这个春天里莫名其妙地交织在一起。时间是多情又是无情的，它给爱丁堡留下了沧桑，也留下了怀念；留下了毁灭，也留下了重生；留下了思索，也留下了悖论。这些种种不相干的因素在爱丁堡这个无比阔大而又包容的城市里相互排斥、相互作用、相互增长，从而构成了爱丁堡独特的风情和魅力，构成了爱丁堡的春天交响曲。

爱丁堡，
用文化晕染的城市

爱丁堡具有海洋文明的开放特质，又保留着高地文明的粗犷禀赋。稳健的经济让爱丁堡拥有英国全国范围内最高的专业人才比例，这从另一方面又促进了爱丁堡的文化发展。

英伦三岛是一块天降福地，欧洲西海岸附近众多的岛屿，构筑了这个四季气候宜人、没有长时间严寒和酷暑的国家。

这里的大部分地区土地肥沃，适合农作物生长，即便是山区，也是草木葱茏，牛羊满坡。上帝似乎给这个国家赐予了太多的祝福，在这里，满目青山绿水，人类生活的居住区与海洋从来没有超过一百公里，沿海有着丰富的渔业，山野间储备了大量重要的原料，比如木材、煤炭、铁矿。在这里，找不到人迹罕至的荒芜沙漠，找不到难以攀缘的崇山峻岭，众多的河流蛛网密布，处处都有可以与外界通航的天然港口。在这里，人们似乎已经忘记了战争。很早的时候，英伦三岛曾经接纳过一群又一群和平移民，也曾经同武装入侵者奋勇作战，然而，战争的硝烟已经散去，最久远的一次入侵似乎是 1066 年，来自法国北部诺曼底公国的威廉公爵打败了英国本土的盎格鲁撒克逊人，一举征服了英格兰，建立了英国的封建制，威廉公爵史称"征服者威廉"，今天的英国王室依然是威廉的后裔。回头看来，这场战争距今已有千年之久了，在人类文明史上，很少有一个国家能够这样长时间地拒强敌于国门之外，从而保持千年的和平和稳定。

纵观英国的历史，仿佛都看得到地理、气候、环境塑造民族性格和国家精神的影子。爱丁堡更是不例外。爱丁堡具有海洋文明的开放特质，又保留着高地文明的粗犷禀赋。稳健的经济让爱丁堡拥有英国全国范围内最高的专业人才比例，这从另一方面又促进了爱丁堡的文化发展。爱丁堡人的生活与文化紧密相连，任何一条大街小巷，任何一个角角落落，都能找到爱丁堡人热爱文学艺术的印记，书店、剧院、画廊、电影院、咖啡厅……在这里举目皆是。仅仅以剧院为例，爱丁堡的国王剧院、爱丁堡节日剧院、爱丁堡剧场在全世界都有盛名。此外，特拉弗斯剧院则以表演现代戏剧出名。城堡剧院、国王剧院也会演出业余戏剧。重要的是，在爱丁堡，不管在哪里，不管是何时，都可以看到这个城市对知识的尊重、对艺术创新的包容。

许多有着世界声誉的学术精英如作家、艺术家、医生、发明家在这里出生、成长、读书、工作，或者进行学术研究，这里可谓名人辈出，群星灿烂。爱丁堡成为欧洲乃至具有世界影响的学术中心，

◆ 人工建筑和自然风光的完美结合

迎来了一个又一个黄金时代。古典经济学大师亚当·斯密，哲学家
休谟和"外科消毒法之父"利斯特曾在这里求学。1768 年编辑兼作
家威廉·斯迈利在这里出版了《不列颠百科全书》第一版，为这套

世界最权威的百科全书打下了基础。爱丁堡作家司各特、斯蒂文森和柯南·道尔享誉文坛，至今在世界范围内拥有广泛的读者。电话的发明者亚历山大·格雷厄姆·贝尔，1847年3月3日就出生在这里。爱丁堡以他们为荣，他们的故居、纪念馆、纪念碑比比皆是，供人们瞻仰，让人们思考。

八月，是爱丁堡一年里最美丽的季节。就在全世界都在同高温奋战的时候，爱丁堡依旧镇定地守候在满城的清凉中。八月，是爱丁堡一年里最喧嚣的季节，最繁华的季节，每年此时，蜚声世界的爱丁堡艺术节（Edinburgh Art Festival）便如约而至。与二十余摄氏度舒适的气温相伴随着的，是举城不分昼夜的狂欢。

爱丁堡艺术节始于1947年。1944年，第二次世界大战还未结束，战争毁灭了世界，也毁灭了希望，欧洲艺术面临着空前的浩劫，当时担任英国格莱德堡歌剧（Glyndebourne Opera）总经理的鲁道夫·兵（Rudolf Bing）、英国文化协会负责人亨利·哈维·伍德（Henry Harvey Wood）与许多英国艺术界知名人士相聚伦敦，他们谈到艺术在战争中所受到的扫荡与摧毁，艺术家在战争后所面临的生存困境，大家一致认为，需要在英国找到一个没有受到战争破坏的地方，将其打造为艺术家的乐园，作为艺术家们休养生息甚至是重振雄风的舞台，创造一个可与奥地利萨尔斯堡、德国白莱特音乐季相媲美的艺术庆典，从而养育人类的"精神之花"。这个建议为大家一致赞赏。经过三年的筹划，1947年，第一届爱丁堡国际艺术节终于问世。艺术家们之所以选择爱丁堡，首先是因为这个城市对于历史和艺术的尊重，其次城市的规模不大不小，不过于喧嚣也不过于安静，最后，欧洲经历了战争的荼毒，爱丁堡却未在战争中受到破坏。这一年的第一届爱丁堡国际艺术节至今仍为爱丁堡人津津乐道，当时全欧最负盛名的音乐家如施纳贝尔（Schnabel）、西盖蒂（Szigeti）、方尼尔（Fournier）及维也纳爱乐交响乐团，都在首届艺术节齐聚爱丁堡，爱丁堡艺术节一举成为享誉世界的艺术节日。

七十年来，这个艺术节已经发展为世界级的艺术节，同柏林戏剧节、法国阿维尼翁戏剧节三分天下。每年的爱丁堡艺术节都会吸引来自世界各地的一流文艺团体在此举行精彩的演出。此时，整个城市几乎所有能用于表演或者展览的地方都被占领，就连露天广场上的表演也需要慢慢等待；到访爱丁堡的游客正从紧锣密鼓的艺术节节目中选择最爱。国际艺术节、军乐队分列式、爵士艺术节、国际电影节、书展等琳琅满目的节目令游客眼花缭乱、应接不暇。爱丁堡国际艺术节创立的原则是成为世界级文化盛会，也就是汇集来自世界各地的艺术家和观众，从而促进爱丁堡和苏格兰的文化、社会和经济。可以说，爱丁堡艺术节极大地促进了爱丁堡文化的发展、经济的繁荣。爱丁堡艺术节是开放的，但不媚俗；是商业的，但有品位。通过对艺术节的精心打造、对作品的认真遴选、对艺术新秀的全力推举，爱丁堡艺术节的组织者显示了他们的功力和定力。

爱丁堡艺术节每年七月末到九月初举办，整整一个半月，爱丁堡就浸润在戏剧的海洋里，全世界最富激情和创意的艺术家和演出团队汇集在苏格兰首府。爱丁堡艺术节包含有多个子节日，比较有名的有爱丁堡边缘艺术节、爱丁堡国际艺术节、爱丁堡军操表演、爱丁堡国际图书节。其他的日子里，爱丁堡还有一些定期和不定期

的艺术节，比如二月的爱丁堡登山电影节、四月的爱丁堡国际科技节、六月的爱丁堡国际电影节。在爱丁堡，来自全世界的人们都可以发现一个朴素的真理：爱丁堡不仅仅是全世界艺术家的爱丁堡，更是全世界观众的爱丁堡、全世界人民的爱丁堡。

爱丁堡艺术节的灵魂剧目是两大经典。一是独具民族特色的军乐团表演，一是艺术节组委会从各个国家、各个国际艺术节中精心选择的优秀剧目。军乐团表演是每年演出中最受欢迎的保留剧目，当几百名风笛手威武地在古堡前奏乐列队时，其苏格兰古战场的历史悲壮和民族自豪感摄人心魄。自罗马入侵不列颠开始，苏格兰的历史就是抵御外侮的血泪史。曾经不可一世的罗马人从未能征服苏格兰人，甚至英格兰与苏格兰的连年战争中，苏格兰也从未被征服。

◆ 爱丁堡街头
表演

悠扬的风笛讲述的就是苏格兰民族的自信与骄傲。

朗读小说是爱丁堡的一个文学传统。每年的爱丁堡图书节上，都有著名作家来到这里，为读者奉献他们朗读的作品，这是图书节最吸引人的内容之一，许多游客对此心驰神往。"世界文学城市"是爱丁堡贡献给世界的一个新创意，也是爱丁堡营造文化城市的新创意。畅销小说《哈利·波特》的作者罗琳就曾经在爱丁堡朗读她的文学作品。

在皇家大道的古堡和皇宫中间，有一座名为内瑟堡的房子，它是"苏格兰故事中心"。在这里，可以听到凯尔特圣人和骑士们的坎坷经历，可以听到维京人与航海者的历史，还可以听到雅各宾党和走私者的故事。而像这样的故事中心，在爱丁堡还有很多。

爱丁堡文学酒吧是爱丁堡文化中不可或缺的重要组成部分。苏格兰人豪放粗犷，视酒为生命。近年来，爱丁堡还开发了有趣的文学酒吧旅行项目，路线从香草市场上的蜂巢小客栈开始，穿过烈士小胡同，来到老绞刑架所在地，再穿过线圈街、窄巷和爱丁堡老城的庭院，翻越土墩，下到新城的玫瑰街，这条线路由专业演员担任导游，一次旅行如同一次密室寻宝，一路上，我们不时地找到曾经读过的书中、看过的电影中出现的人物、故事，不由得心潮澎湃。

位于皇家大道的爱丁堡作家博物馆即使在没有节日的时候也是宾客盈门，这里收藏着苏格兰众多伟大文学家的著作以及后世研究他们的论文选集，博物馆甚至收集了丰富的人物肖像、作家手稿和个人用品，他们常年举办的文学主题展让这里别有一番情调。在这里，喜爱文学的读者会看到彭斯的书桌，看到司各特的棋盘、餐桌，

甚至是出版《威弗莱》时的印刷机。英国人本来就有收藏的习惯，这些展品也许并不难找，但是可见陈展者的用心。

联合国教科文组织分管文化事务的一位官员莫尼埃·波辰凯曾说，爱丁堡就是世界文化遗产城市。"世界文学城市"的称号将给这座城市增添新的文化价值，同时也是爱丁堡打出的一张新的文化旅游牌。苏格兰有关部门估计，"世界文学城市"这一头衔每年有望给爱丁堡带来大约数百万英镑的收入，给苏格兰其他地区带来约数百万英镑的旅游和文化营销收入。

◆皇家大道